从滇缅路走向欧洲战场

Cong Dianmianlu zouxiang Ouzhouzhanchang

萧 乾 著

云南出版集团
云南人民出版社

图书在版编目（CIP）数据

从滇缅路走向欧洲战场 / 萧乾著. — 昆明：云南人民出版社，2010.12（2020.7重印）

（旧版书系）

ISBN 978-7-222-07056-1

Ⅰ.①从… Ⅱ.①萧… Ⅲ.①新闻报道—作品集—中国—现代 Ⅳ.①I253

中国版本图书馆CIP数据核字（2010）第245904号

出 品 人：李　维　赵石定
责任编辑：唐贵明　董郎文清　朱　颖
装帧设计：燕鹏臣
责任校对：周　彦　毛　雪
责任印制：马文杰

书　名	**从滇缅路走向欧洲战场**
作　者	萧　乾　著
出　版	云南出版集团　云南人民出版社
发　行	云南人民出版社
社　址	昆明市环城西路609号
邮　编	650034
网　址	www.ynpph.com.cn
E-mail	ynrms@sina.com
开　本	787mm × 1092mm　1/32
印　张	8
字　数	140千
版　次	2010年12月第1版 2020年7月第3次印刷
印　刷	永清县晔盛亚胶印有限公司
书　号	ISBN 978-7-222-07056-1
定　价	25.00元

如有图书质量与相关问题请与我社联系
审校部电话0871-64164626 印制科电话0871-64191534

编者的话

历史上，由于某种特定条件，有些近似巧合的人或事，会极其相似地出现，然而，历史绝不重演。过去的就过去了，永远地过去了。《论语·子罕》曾说："子在川上曰：'逝者如斯夫，不舍昼夜！'"

这"不舍昼夜"之所"逝"，在今日，由于现代交通之发达，完全可将前人几十日长途跋涉的路，缩短为几十分钟舒适的空航距离，寓于神话、童话所变幻现实的梦，也有现代科技使之成为真真切切的现实，恍惚这个世界越来越小，可以想象的空间已渐失去，不得不感叹这"不舍昼夜"之所"逝"，已无比地加快其"逝"速。

从目前历史分期断代的办法看，贴近我们"当代"最近的"现代"之末，也在二十世纪四十年代，距今也已七十多年。二十世纪三十年代初美国作家斯诺在"云之南"做他的"马帮旅行"时，说昆明"这个城市伸出一只脚在警惕地探索着现代，而另一只脚却牢牢地根植于自从忽必烈把它并入帝国版图以来就没有多少变化的环境"。此说，在封建了几千年的土地上，东西南北，闭塞滞后的地区，概莫能外。甚于此者，六七十年前的历史，有时也无异于几百年前的旧闻。即便在当代，二十世纪五十年代有些路不通，人罕至，封闭于深山老林、穷乡僻壤，还没进行社会改革的人家，其生存形态，对今日也是遥远的，从根本上讲也属于“没有多少变化”的旧事。它翻天覆地的新旧、隔世之变，有时也只是几年间的事，距今也已半个多世纪了。

尽管过去的一切，随流逝的时光流远了与今日的差距，但它毕竟还是今日的历史与文化之根。沧海横流，世事纷纭，男女老幼、强弱智愚、善恶忠奸、尊卑贵贱，在人生的舞台，同台亮相，都是好戏。以此为历史经纬的故事和人物，无论英雄豪杰、贪官暴君，还是顶天立地、有仁有义的人民，都有他们的正史、野史、传说、逸闻。就是他们的生存环境、民风民俗，也随着这一切而有它的沧桑巨变。今日要了解、研究它，无法不借助一些过去的资料。将这些为数有限的资料束之高阁，不予充分利用，乃至散失，是有负于国家和民族的。

于是，我们从现代、近代，云南的、西部的，到更广远之天地的有关文化、历史、民族等等的有识之士的札记、掌故、田野调查、佚文旧稿中，选出一批当时和今日依然有其影响与价值的专著和篇什，编辑为书系，以介绍给读者和关心、研究它的朋友们。由于“逝者如斯”，一些作品的认识、审美、资料价值，有的往往还会与日俱增，由此，更增加了我们介绍它们的责任感。

时代在巨变，正如许多学者所言，我们“每天都有珍贵的民间文化品种在消亡”。形势亮出了黄牌，他们呼吁“抢救”民间的文化财富，提出“需要深入当代民间进行‘田野调查’”。这里入选作品的作者，不少正是当年的“田野调查”者，他们深入到所谓的“蛮荒之地”，在旅行、生活条件极差，乃至恶劣时，以其惊人的毅力，在天灾，也在人祸所遭遇的惊险中，写出他们耳闻目睹之种种，有的归纳、概括而抽象为更具理论色彩、更具文献价值的调查报告，有的则更侧重沿途实见实闻的纪实，夹叙夹议，所悟的学问常常深于一见一闻，遇险的惊恐又常与人生闯荡的乐趣同在，大多写得朴素、清新，和平冲淡中确有委婉的情致。他们，有的定居该地，已属当地居民，有的，调查的行程，一年半载的跋山涉水，想蜻蜓点水似的所谓“深入生活”，想追名逐利而做所谓的“研究”之浮躁，都不可能。他们，不乏过去的先贤名儒，名校名师下的研究人员，多有鲜明的民主意识，同情广大的劳苦大众，抨击不合理的社会秩序与社会结构，维护人道、人权，正视压迫、剥削、两极分化的现实。从人类学、社会学、民族学、民俗学，对东西方的一些不同之处和相同之处所引发的思考，为我们打开了眼界，打开了思路，于此回顾、前瞻的天地，更加宽阔。

这些不同时代的不同作者，在不同的社会、政治背景下所写的作品，若无他们的局限性，也就无须后来的社会进步。除了书中的白纸黑字，他们跋涉在穷山恶水的艰辛和为此追求的执着顽强，正是对这土地，对这土地上的人民之爱，虽然并不排斥有的也许出于好奇，想探险、冒险，但他们作为民族大家庭的一员，其大中国的兄弟之情，是无可怀疑的。可是限于当时政治结构之情和个人识见，将人民对反动统治的反抗写作“叛乱”，在正视人民的痛苦时，又仅从当地的风光与人情称他们所在之地为“乐土”，或对他们的风俗习惯，简单地以自己的好恶来看待，难免有些偏颇不当之处，但从整体来看，作者的爱心都是浓浓的，有些不周之处，或是漏洞、失误，都不难理解。照排之旧书，就该看到它是过去另一个时代，另一些作者，在不同的社会、政治背景下所写成的作品，就该看到它的局限性，更为新时代而自信。

世事变迁，“逝者如斯”，前人有的看法无法请他们统一，后人无权强求一统。有些说法，能理解，并非简单地认同。能作注的，加注；若难查证的，存疑。乍看，有些不明白处，顺读下去，就理清头绪了。

本书系的选编，除由繁体字改为现代简体字横排外，内容基本保留原貌，有的地方，另加编注说明，以便读者阅读参考。

为保留原作资料的真实性和风格，对个别带有民族歧视的描写和用语，未做大的删改，请阅读中予以鉴别。

书　前

周良沛

巴（金）老生前说到他的三位朋友，认为他们的创作才华，都在自己之上，可惜因为过去的诸多情况，没有让他们的才华得到充分的发挥。他说的这三位朋友，是曹禺、萧乾、沈从文。这里有巴老的自谦，也有对过去荒废他们才华的惋惜，同时，三位在各自不同的时空，确有他们在文坛明星的闪耀。

这里所说的萧乾（1910 ~ 1999），无须将他同谁论高低，也没有必要给他论资排辈排座次，在“五四”后新文化的长河中，老一辈作家，像他同是作家和翻译家的，不少，但作为活跃在第二次世界大战欧洲战场的中国记者，于此，有他一份特殊的贡献，不仅代表中国作家，也是此中唯一的一位中国人。

这里汇集他抗战时所写滇缅公路到欧洲战场的这段经历的散文，给我们打开了一扇文学的窗口。在当年我们这个贫穷落后的国家里，残酷的战争动荡社会生活，人们又迟钝于信息不灵的耳目闭塞之际，从这个窗口，开阔了视野，窗外的风云，紧系一代思想的风云。

这是那时的一则传奇，叙述这则传奇时，同时演示了萧乾自身的传奇。

一九三七年抗日战争全面展开后，《大公报》减少版面，裁减员工，他在兵荒马乱中失业，是杨振声和沈从文两位先生收留他从旁帮助编中小学的教科书，从武汉到昆明的。

失业的滋味，他自喻为“丧家之犬”。“失眠、忧郁、苦闷，百无聊赖地在翠湖边上转悠”地打发那些日子。这位生于北京贫民区，十岁丧母的遗腹子，先在尼姑庵里上私塾，后来进了基督教“长老会”的“崇实小学”。下午学习，是一早去送牛奶，又在教务处印讲义，先后还织过地毯的工读生。暑假还在北新书店当过练习生。他这穷人家的孩子，在书店所见的书，让他接近了文学。没见过钱还怕钱在手上烫手，给人送的稿费，是用手帕包起来绑在手背，冰心见他从手背解开手帕取出稿费的印象太深刻了，日后萧乾成名，他们姐弟相称，冰心的孩子都极亲热地叫他“舅舅”之情，都不会与此无关。他如此先后到“燕京”“辅仁”国文专修、英文本科，再回到“燕京”在埃德加·斯诺（Edgar Snow，一九〇五～一九七二）的启发下入新闻系。一九三五年毕业即入《大公报》负责《文艺》。此时的萧乾，也只是一位二十五岁的“小青年”，却有不少与他同辈的“小青年”在他这块园地成了作家。以这张报纸的《文艺》所评出的文艺奖，曹禺的《日出》、何其芳的《画梦录》、芦焚的《谷》获奖，虽然不像现在发下的是多少又多少个万的奖金，但此奖对作者和《文艺》所联动的影响之广泛和深远，是闪耀于中国文化史的。之后，中国这八十年间所评的文艺奖，无以计数，有些是以题材、事件、地域为专题的奖，为其专题之“专”的影响，不容低估。但，那许多获大奖的作品，艺术上能与《日出》《画梦录》《谷》媲美的，凤毛麟角。加以有些评奖的人事关系、幕后交易，道德的不干净，就更加无法与它比了。因此，当时还是“小青年”的萧乾，已是《大公报》的“红人”，也颇有自信。除了编好副刊，还出外采访，要和他的老师斯诺一样，四方采访，直面人生。然而，此时不是在外采访，是流落昆明，失业于《大公报》，加以每天的面包问题，穷得只敢住“鸡毛店”的窘境，说似“丧家之犬”，这“家”，当是他所依归于《文艺》的读者和他的《大公报》了。

在这之前，他的二十七年，从小不论是为生活所痛苦，还是为工作、兴趣和理想所快乐的折腾，都使他性情“太好动”。生活突然变得这么“冷清闲散”，“像只断了线的风筝”，“恰似一条惯走江湖的小货轮搁了浅”。

熬了一年，一九三八年八月，《大公报》计划在香港以“宣传抗战的前哨”之姿态推出港版，又上门来请他了。他答应先在昆明“遥编”《文艺》。不久路费收到，他又到了香港，并在来稿中读到昆明作家白平阶的《跨过横断山脉》。在稿源充足，编出一批稿子，得到老板胡霖首肯，他又再到昆明，从昆明到大理、龙陵、芒市，自畹町到缅甸腊戌，风尘仆仆来回奔波了近三个月，写出了《血肉筑成的滇缅路》。深入的采访，加以日本鬼子已经占领了我国沿海的主要港口城市，切断了外援进入的路，全国人民都焦急地盼望这条滇缅公路打破敌人对我们后方的封锁时，萧乾这篇文章顺应读者渴求的顺时性，带给大后方一股不小的信息之震撼力。活跃于海外华人中的著名报人陆铿，生前写到萧乾当时沿滇缅公路采访到保山的情景，留有这么一段文字——

其时，我正在保山县立中学任教，并组成了“保山县抗日救亡宣传团”，萧乾希望了解一下祖国边疆对日本侵略中国的反应，县里的人就建议他访问县中。到了县中，学校让我出面接谈，一见如故。他朴实的态度和诚挚的语言感染了我，第一印象是记者可爱。我因一九三八年为缅甸《仰光日报》写过保山农民为修滇缅公路流血流汗的通讯，与萧乾接触后更增加了做记者的冲动，从此就担任了《仰光日报》的通讯记者。回溯往事，萧乾的言行在我身上收到了潜移默化之功，我之所以选择记者为终生职业和事业，不能忘记萧乾的启蒙。

看来，这一路萧乾还在散播他老师斯诺的思想种子。他不知与多少人还有过类似的接触，只是他们不是陆铿这样的名人，没有留下他们的文字记录罢了。

同时，为了港版《大公报》，萧乾少不了往返于昆明与香港之间。从云南河口出境，必得路过当时法属殖民地安南（今越南），在海防才登上赴港的海船。萧乾后来上马赛也为英、法对德宣战的“非常时期”，也是在西贡靠岸滞留过。船上有多国的乘客，唯独对二十多位华人乘客分外歧视，百般刁难。已经像嫌犯按过手印、搜身了，护照、行李还被扣，争取正常的换领，还遭到腿踢，挨巴掌。当别国的旅客上岸玩了说“西贡太美了”，作者为自身是一位华人，却感到进了集中营。记者的生涯中，类似的事，他也看多了，他在有一处痛心地写道——

没有了国家，便没有了存在，这才是真理，得守住它！然而，在我们这片幸运的土地上，竟有把这份存在双手奉送给主子的呢！天哪，他吃什么长大的！

七八十年前那些人吃什么，无法知晓，时至今日，城市的卫生也不会有狗屎吃。但可以公开见于报端的某些人的“高论”所示：中国要早一百年成殖民地就好了，也会像香港一样，早“现代化”了。说这些话的人，若早出生几十年，鬼子打来，准是摇着白旗出去迎接“皇军”的汉奸。国家被殖民，居民为人的基本尊严都失去，被殖民者奴役，真是萧乾所说：“没有比这个国家再美丽，可也没有比这个国家再受欺负的了。”若还真有那种“现代化”，除了灯红酒绿让那些汉奸活得更有滋味之外，真不知道还有什么好说。有篇《安南的悲剧》，萧乾加的副标题是“别忘了这是一面镜子”，他说：

这是一个无可挽救的堕落。当大多数民众被压榨得仅剩了奄奄一息时，极少数的“高等越人”因为被统治者豢养了的缘故，生活的外貌是欧化了，他们就趁势改变了心肠，置同胞苦难于不顾。结果中上阶级过着奢侈的欧化生活，也穿了讲究的衣服，俨然绅士般出入白人社会，下层大众则依然过着猪猡的生活，而且时势所趋，每况愈下，造成了全民族的永灭。

对于那些想以“殖民的‘现代’”论来改变我们国家的“高等华人”来说，萧乾早在一九三八年所写下的这段文字，七十多年后看来，它确实是面镜子；不是过去的历史，恰恰是沉重的现实！对于现代不知何为国难，老做他全球“一体化”的梦的年轻人，作为中国公民，应该以此补一课。

一九三九年，伦敦大学东方学院来聘函，但年薪二百五十榜，刨去四分之一的所得税，待遇太低，尤其“旅费自筹”，自然难以成行。老板胡霖风闻此事，主动找他，坚决主张他立即复信受聘，“至于旅费嘛，以后（以）你写的通讯（稿）来（抵钱偿）还就是”。大战前夕，老板以他的前瞻性，用预支稿费的办法成全了萧乾，也成全了《大公报》自身。依靠萧乾，一九四四年六月，在伦敦舰队街设立了“《大公报》驻伦敦办事处”。萧乾为其战地记者，也是代表全国唯一的一家在欧洲战场取得现场话语权的中国人。这则传奇同时演绎萧乾个人的传奇，可供我们深思的东西太多太多。

这里，对萧乾执弟子之礼、子女之礼的女作家黄豆米，以她对萧乾之深情及对萧乾俱来的熟悉、理解和研究之深，为编书带来极大方便，说起萧乾的作品，她如数家珍。从正在编辑的二十卷新版《萧乾全集》之书稿中，她摘录、收录、选辑所组成的这部书，对文本自身之外所说的话，全属多余。当年，萧乾远在欧洲，走进阿尔卑斯山的村落，“第一个感觉俨如由上海刚到昆明，或是由昆明刚刚到芒市”，在灯火管制下的伦敦小巷，“英国应否援助中国抗日”的问题，以及“减少帝国局势之紧张”所要封闭中国人用血汗修筑的滇缅公路的忧心，使萧乾所到之处，都有一条情系云南的纽带，此书正是以此感情的纽带所组合。他半个世纪后旧地重游，回忆的《流亡昆明》及手稿留在黄豆米手上的《昆明偶记》，从文笔、昆明风情世态的再现，难辨今昔。同是作家的记者，语言的简洁，冷眼观世所远离“浪漫”的冷静所呈现的世界，给人是排除了情绪性所深刻的真实。五十年后旧地重游，旧话重提，他接受访问，为今日有人在做他当年对滇缅公路想做却顾不上做的事而欣慰，“滇缅公路情结”的解结，也是此书的首尾呼应，正好为它画个句号。

萧乾有关的文稿很多，不止从战地发出的纯新闻稿，限于篇幅，这里几经挑拣选入的，不到黄豆米正在编辑的《萧乾全集》书稿之一半，留下点遗憾并非完全是坏事，有心深入研究萧乾的，应该会有其他出版的文本，提供研究之所需。

巴老生前常念叨的三位朋友，曹禺、沈从文同萧乾很不一样。曹禺所熟悉、所歌哭的时代和人物，勃发、互动他的艺术才华，已在他的《雷雨》《北京人》《原野》《家》里发挥到极致。单纯埋怨一九四九年后的体制限制他才华的发挥，不是事实。抗战后他的《蜕变》《艳阳天》与前面那些作品的落差正好说明这一点。同一个时候他改编他熟悉得如同自己的“家”之《家》，与《蜕变》的落差，则更能说明这一点。天才之才华的喷泉，绝不可能没有任何条件，尤其是可以离开他对笔下的生活、人物的熟悉、深情和认识的深刻永远喷放。沈从文是走到另一个与他过去的小说世界所迥异的现实时，对生活矫情的描摹、赞颂，使他那支风情万种的笔拙笨无力了。我看过开国初经丁玲转交又退回到丁玲手上的沈从文的原稿。当时不敢怠慢丁玲的《人民文学》编辑部所细说稿件不能采用的原因，有一条就是思想紊乱，语句不通，对这样知名的老作家的稿件，他们不能，也不敢做编辑工作予以动笔删改。同样，他过去的小说中的世界过去了，正如恩格斯所说："国家一旦成了对社会的独立力量，马上就产生了新的意识形态。"作家不能适应"社会的独立力量"之改变而变，也只能随他过去的小说世界一同过去。世上没有不谢幕的演出和演员。过去，老在政治上议这事，忘记了这也是艺术规律的必然。萧乾不同，他生前就划出《我这两辈子》，以一九七九年二月之前后分出的前后两辈，上辈子织地毯挨师傅打，上课挨老师打，回家挨堂兄打，十岁时母亲咽气前，他用这辈子第一次拿到的一块钱工资，买了个她从未尝过的水果罐头孝敬她。弱势者卑微苦涩，尝尽人世的酸甜苦辣。一九五七年的"反右"之后，自然也是同样的酸甜苦辣，但他竟然写出《由衷感谢反"右"斗争》。只看标题，几乎要错怪他神经出了问题。再看他由"反右"的遭遇，"迫使自己规规矩矩，老老实实，懂得了沉默多么有价值，多么保险"，任人不屑一顾，"既没资格给人贴'大字报'，别人也不屑于给我贴，反倒优哉悠哉，关押我们的那地方竟然成了一片乐土，我们成了'天然的'逍遥派"，"使我相对平静地度过了六十及七十年代"之说，听来心酸。这也使他进入到第二辈子时，将自己这两辈子所熟悉的人情、世态，以他今日之所想展现出来，竟然留下两百来万字的精美之笔，并与夫人文洁若合作，以他一九四三年在剑桥大学英文系研究生所专攻的英国心理派（意识流）小说之功，全译出文学界视为天书的《尤利西斯》，这也该是当代文化界的一则传奇吧。

我们也以此作为一束文化的鲜花献给读者！

二〇一〇年三月二十一日，乡居

目 录

流亡昆明

战事全面展开，《大公报》一下子从十六版缩成四版了，曾几何时，我在报馆还是个“红人”，如今变成闲人了。

《大公报》是不养闲人的。

一天，胡老板又把我叫到他办公室去。这回可不是委派什么美差或征询什么意见了，而是摆出忠厚长者关心青年的姿态，说：看情势战事要展开了，而且国军肯定抵挡不住。他说了许多关于我的好话，以及他曾多么器重我。正因为如此，他不愿意我困在上海，同归于尽。绕来绕去，我听懂了：就是要把我辞退。前一年（一九三六），我的年终奖是三个月的薪水。如今，他诉了一阵苦，说报馆能维持几天也很难说，决定给我半个月的工资作为路费，要我自谋生路。

我同“小树叶”①就这样一道离开上海。当时开香港的轮船已经不敢在黄浦江畔停泊了。我们是先搭小驳船到吴淞口外去上的大船。一路上，炮弹不停地在我们头上飞来飞去，有些落到驳船旁边，溅起高高的水柱。我同“小树叶”蜷缩在甲板的一角。为了鼓起勇气，我们抱在一起大声唱：“冒着敌人的炮火——前

①萧乾在其他的文章中称她为“一位让我永远负疚的同志”。——编注

进，前进，前进进。”

从香港经广州，来到武汉。朋友们都慌慌张张，自顾不暇，我们只敢住鸡毛小店，不敢在谁家落脚。

我平生只尝过那么一回失业的滋味，而且又是在兵荒马乱的年月。在广州下火车坐计程车，一路都怀着焦急的心情，眼睛直勾勾地盯着计程车表上跳动着的数字。在武汉，先借住一位朋友的书房，后来搬到交通旅馆。老同学刘德伟好容易为我在老河口谋到一个中学教员的位子。可还没等我去上任，那地方已经沦陷了。

……

当时我意识到，一个人在生活中有时可以自由飞翔，一旦翅膀被剪掉，转眼也可能就变成个累赘、废物。后来晓得有些朋友在那情景下，去了延安，有的则加入了国民党。这两种想法那时都没有在我脑海里出现过。

恰好这时候杨振声和沈从文两位先生由北平逃到了武汉。那时他们正在编一套中小学教科书，就慨然收留了我们，并且让我们搬进了他们在珞珈山脚租下的五福堂。后来我们便跟他们一道从武汉而长沙，又由长沙转到湘西沅陵沈先生大哥沈云六的家。一九三八年初才辗转到了昆明。

就在昆明，我接到胡老板一封信（看来那时他也到了武汉），说许多读者要求《大公报 · 文艺》复刊，他要我从昆明遥编。记起在上海辞退我时那么突兀，我先是想回绝。如今我衣食有了着落，正可以给他个钉子碰！然而那封信也多少使我感到些温暖。想不到在烽火年代，竟还有读者想念我编的那个刊物。我总不能朝他们撒气，叫他们失望呀！刊物毕竟不应同报馆以至老板画等号。

于是，我回信应承下来。一时，许多朋友又从敌后，从游击区，从陕北寄来了文稿。我在昆明那张小桌又热闹起来了，不知是广告太挤，还是报馆上层意见并不一致，遥编的《文艺》成为一块不定形的报屁股：有时半版，有时仅仅两三栏。我自然编得也不大起劲。

这时，“小树叶”已进了西南联大。

一九三八年八月，胡老板突然给我发来一封电报，随后还有一封航空信，一方面对头一年在上海遣散同人（包括我在内）的事，深表歉疚，说那是动乱中的失计。表示今后无论遇到任何困难，绝不再轻易散摊子了。不管这是一种姿态还是一番诚意，这样自我谴责的态度总是感人的。接着他又谈到在香港办《大公报》的用意和决心，强调那是抗战宣传的前哨，要我务必火速来港，共图大计。紧接着，自然就电汇来旅费。

困居昆明的那几个月，是我入世以来最苦闷的一段日子，我太好动了，不适宜编教科书。从一九三五年当上报人马不停蹄热闹了几年，突然，生活变得那么冷清闲散。“小树叶”至少还在上着学，我则像只断了线的风筝。尤其想到昔日许多朋友都各有作为，我这个奥勃洛莫夫却恰似一条惯走江湖的小货轮搁了浅。送走好友曹维廉去新四军之后，“小树叶”同我一道认真商量过去延安的问题。有人吓唬我们说，一路关卡多着哪，一旦被扣下，就得蹲集中营，上老虎凳，灌肥皂水。毋庸讳言，现在回想那时，自己不折不扣是个懦夫。喊了几年“大时代”，及至大时代真的到来时，我却无所作为了。

那几个月，失眠、忧郁、苦闷，百无聊赖地在翠湖边上转悠。有一天走过威远街一家西药店，看到一瓶专治闷郁症的药，我赶忙买了回来。吃了几粒之后才从处方上发现：那原是专治妇女月经症的！

胡老板的电报就是在我处于那样黑色心情之际到达的。我的亢奋曾使得“小树叶”很有些不悦。然而我掩饰不了当时的亢奋。

几天后，我就找到一位同伴——施蛰存，我们一道经安南去香港。（那时往来昆明的捷径是走安南和香港，如去西藏得走印度！）

仅仅从昆明到安南的海防就要走三天。火车是昼行夜停，旅客要下车住客栈。头两天是在昆明境内走，晚上歇在开远，第二天到滇（河口）越（老街）边境。谁料到还没有过境，就来了场虚惊。

我有个职业习惯：喜在旅途中记些笔记。快到边界我正一边望着窗外景物一边往摊在台子上的小本本写着什么的时候，突然被人从后面拦腰一抱。本子登时给夺去，我被看管了。这时同行的施兄也吓傻了。

火车开到河口，我立即被押到边界哨站去。幸而施兄也跟了来，经过反复盘询和检查，又摇了一通电话，才弄清我的良民身份。

然后到了老街——法殖民者的天下。海关检查员像刚喝了一肚子烈性酒：脾气暴戾，把箱子里的东西翻腾得乱七八糟。幸而老友周承刚巧在那里的交通银行支行工作，承他照拂，总算平安抵达海防。

接着还有三天海路！

一走进皇后大道中的报馆编辑部，就又看到老同事了，真是恍如隔世啊。

走在香港马路上，感觉也十分异样。一年前，我同“小树叶”路过香港时，境遇和心情有点像丧家之犬。如今，有了职业，就恢复了自信，精神面貌大为改观。马路上遇到熟人，又可以报一下自己办公室的电话号码了。失业者与有职业的，在自尊上悬殊多大啊。更重要的是：尽管我没去敌后或延安，毕竟又站到抗日运动的一个重要的宣传岗位上了。我决心把《大公报 · 文艺》办好，让它依旧在文化阵线上成为一股不容忽视的力量。

干的还是老行当：编《文艺》并负责一个娱乐性副刊，如有余力，就往内地跑跑。

到香港后，稿源很充足。娱乐性的刊物虽归我负责，但另有李驰在实际编，这样我又可以出去写旅行通讯了。

我赶忙编出一批稿子，在老板首肯下，一九三九

赠给抗战时期的老作家的纪念章

年又照原路返回了昆明，想一面采访滇缅路，一面加固同我从没有过半次口角的“小树叶”之间的纽带。从昆明到大理、龙陵、芒市，自畹町到缅甸的腊戍，我仆仆风尘地在工地上奔走着，采访着，工作着（往返跑了将近三个月）。

选自萧乾回忆录《未带地图的旅人》，中国文联出版公司一九九一年版。江苏文艺出版社二〇一〇年重印版。本文标题为编者所加

昆明偶忆

一九三七年全面抗战展开后，昆明也经受了一份不小的变动。最突出的是“西南联大”的成立：忽然间从沿海城市疏散来成千上万的青年学子和他们的老师们，顿时冲破了这城市的沉寂。正义路上摩肩接踵出现了奇装异服的男女，个个不是江浙就是北方佬的口音。这么多外乡人，来得又那么突兀，既引起当地老乡的兴味，也一定是个不小的冲击。

那时，收容我和“小树叶”的杨振声、沈从文两先生住在北门街。每放警报，我们就一道外逃去躲避。战时，死神随时可以光临。相对而言，在大后方要踏实多了。我们都是从烽火中逃出来的，对于昆明这个大后方，大都怀着感激之情。

游了翠湖和大观园，也登上了西山的龙门，但我们最爱的还是纯朴的昆明人。他们那浓重的口音里仿佛总饱含着人与人之间的深厚感情。

记得当时偌大个昆明只有一家电影院。每演外国电影，大厅中央总有一个类似解说小组。坐在正中央的是位白发老人——后来方知人们都称他为白老师。那里不像内地，不打字幕。演时，由白老师小声口译，然后再由旁边的年轻人大声嚷出。内地来的学生不大习惯，于是就传出许多笑话，例如说不管什么片子，男的一律叫约翰，女的全叫玛丽。好事者还学着云南口音逗笑：

“约翰说，你爱我么？”

“玛丽说，是勒么，是勒么。”

懂英语的学生有时对这种即席口译不耐烦了，就用花生击打解说员。解说员气得大声抗议。观众也分不清哪是解说词，哪是抗议。

那位白老师引起了我极大的兴趣，我就托当地朋友带我拜访。他住在南郊一个十分偏僻的角落，而且只有一间屋子。白老师白头发根上仿佛还带点黄色，眼珠发蓝。屋里凌乱不堪，堆满了书籍和旧报刊。最奇怪的是看不到一张床。带我去的朋友告诉我说，他不分昼夜地坐在那把椅子上，晚上也不脱衣服。

老人的父母大概有一方是法国人，他不肯谈自己，也许还有顾虑，因为他是在安南帮助那里的人闹革命而被殖民官赶出来的。他的英语很不错，非常喜欢谈莎士比亚。他就是靠教几个云南学生英语生活的。他的生活不能再简单了：窗台上有一排中型瓶子。他基本上不食人间烟火，到早市上买一篮水果，也能对付一天。

文学史家们常谈起京派文人，其中，几位大师都是北大或清华的教授，当时在翠湖边上常见到他们，有个时期好像梁思成和林徽因夫妇以及三剑客的另一位——金岳霖也在。记得一天徽因招待几位来后方休假的飞行员，听他们畅谈空中的战绩。徽因向来喜唱独角戏，可那天她也沉默不语了，聚精会神地听客人谈他们同太阳牌飞机在空中的周旋。她的一个弟弟就是飞行员，在打日本时牺牲的。

当时，常见名教授们上街买菜，归途一手提着条活鱼或青菜，一边还畅谈着学术心得或国家大事。

记得一位教授的太太是美国人，他们住处附近有个邻居常吵架，每次丈夫都把妻子打得号声震天，死去活来。那位美国太太大概是位女权运动者，她听到那妇人挨打时的叫喊声，先是出面干涉，继而索性跑老远地方去报警。警察的行动并不敏捷，他也许不大情愿管居民家里的事，大概硬是被那花旗女权主义者说服了，勉强拽来的。

谁知却吃了闭门羹。那两口子打完了架——或者说，女的挨够了打，就关上门去睡大觉了。警察拍了好半天门，里头只回了一声“睡觉啦！”警察回过头来就把报警者狠训了一通，怪她多事。

每逢读到外间对我国人权问题的干预，我就常想到当年昆明警察的那次徒劳之举。

一九九六年八月十八日于北京

原载《翠湖春晓》，云南民族出版社二〇〇〇年十一月版

三个检查员

守在边境上的一个哨兵，他的工作时常难于一个普通作战的兵，他尝不到那种浴血作战的畅快，却须随时牢牢端了枪把，将自己孤单单地安置在渺茫、寂寞的准备中，他不能冲，甚至由岗位上多迈出一步；但他也没有退后一步的权利。他得用自己的胸脯和勇敢抵抗对方射出的第一颗子弹。为了自己和他的同伴，他得时刻留心着匿藏在另一世界里的那颗子弹。

然而，一个边境上的检查员的工作有时还难于一个哨兵。

当一个旅客走过一个哨岗时，那哨兵可以不问那旅客的职业或身份，尽管用一种极严厉英武的声调问“口令！”或者“哪儿来的？”这声音里的不可征服性即使为他的司令官碰到，也只有使这上司更欢喜。

但一个检查员起码得善相术。他有权利怀疑每一个旅客，同时他还须隐藏起自己的怀疑。他必须施用严厉，甚而动刑，但在不必那样做的时候，他得在礼貌的边缘上盘桓着，使那良善的旅客不受到冤屈的恐吓，也使那狡猾的恶棍易于上套。他得准备许多魔术般的问题，但他应该把那些问题按着旅客身份替换使用。这的确是很复杂的事，然而也是重要的事呵！

不久以前，我曾经做过跨越边境的一个旅客。我是由湖南西部一座小城出发，向着云南的省会行进。这样，我必须走过湘、黔、滇三省，都是后方的重镇。

先驱者的朋友们虽然给我们不少途中起居的指示，但关于检查制度却不曾多说，只嘱咐我们在过平彝那“关”时，要尽量“规矩驯顺”，并且把那个检查员比成雨果 Les Misrables 里的警察长 Javert。这话在朋友写来，也许怀了不少怨意，但我想在汉奸遍地的今日，我们的后方正需要许许多多尽责的 Javert，严峻到了无慈的地步，而且狡黠敏捷如一好猎手。如果真像泥鳅一样混进几批汉奸，这仗如何打得赢！

所以，一路上我都在等待着这样一个“无枪的哨兵”，我希望眼见同车的一个旅伴，为他东翻西审，又说又笑，而终于摸出一枚大正钱之类的证据，或由谈话中侦出可疑点来。于是，一副“无赦”的脸色忽然摆出来了（我们的脉管里一只细菌赶出来了）。旁观者即使为了自身的安全，也不能不油然地起了感激。

我没福气看到这样的快举。我所看到的，一点也不是我所预期的。

也许是因为由东往西走的缘故，在湖南境内我几乎没有遇到一位检查员。各大站上，除了照例有一个宪兵模样的军官（却不带武器）由窗口向座位下探视一阵外，再没有别的盘查者。后来，并且知道那探视与我们普通乘客还是无干的。他的猎物只是名为特货的鸦片。

一过湘、黔交界的晃县，情形便不同了。在那以制箫出名的玉屏地方，我们受到第一次的检查。对我，那是企盼好久了的。

他首先盘问坐在我身旁的一个团长。姓名，年岁，籍贯，职业，来处，目的地……最后问到他所属的师部。那穿了灰制服的检查员，随问随写着，遇到稍微生硬的字眼，周围照例有些热心而博学的旅客争先提醒。那只哆哆嗦嗦的手，有时把“军人”写成了“东人”，有时把“临时大学”写成“林十大学”。遇到过于热心的旅客插嘴纠正时，那位检查员脸上不免有些红，嘴里不服气地抱怨着“他妈的，这名字起得才怪”。

到后来，我们发现他写的是一张印就待填的表格。车上一共有二十五个客人，如果这样登记下去，晚间就无法到达本日的宿站了。于是，有人接了过来，改由本人填写。

这方法我们在贵州境内一直使用着。起初，我老大地不以为然。难道我们希望那坏种良心发现，在“备考”项下注明“我是汉奸”吗？然而到处都是陡高崎岖得怕人的山路，每日都得赶二百公里的路程。真若在天黑时还停在荒凉如太古的半山上，那可怎么好！迫在眉睫的安全使我忘怀了那更远大的，终于，和全车的人们一样，我对那“宽厚”的检查员由贬责而变为感戴了。

但是在盘县，黔、滇交界处，我遇到了一个不马虎的盘查者。与其说他给我的印象很深，倒不如说我给他的印象太深了。因为在二十五个旅客中，他先扑奔了我。而且，如一只未满足的苍鹰似的，一直在我身边盘桓着，足有四五十分钟。不曾看他们一眼，不曾打开他们的一只包袱，他纵容所有的行李搬上了车，也纵容所有的乘客上了车。他立在台阶上，同我一直攀谈着。作为被检者的我，是除了陪他鹄立在那里，没有另外的选择。

在我所遇到的三位检查员中，他是第一个，也是最健谈的一个。由他的服装，这倒不大看得出。他的军服显得太瘦了些，人也似乎营养不足，所以面色黄中透青，一对不很跳动的眼睛忽然在我箱盖上发现了一本《栗子》，那是我在贵阳一家书店买的。我自己从上海出来，是什么书也不曾带的。这书原不值流传得多远，但在辽僻的贵阳遇到一本，我禁不住买了，因而，也就为检查员所注意。

“你是一个作家，对不？”当他发现那书的著者和我的名字一样时，他突然得意了他的发现。

“我是刚才你讲的那个机关里一个小职员。”我这样带点阻挠地回答了他。

“然而你作了这本书？”他竟把它拿在手里了，而且在翻看着。

“那与我的职业并不冲突呀。”我心里不大高兴他若有所获地翻着它。

“自然。不过——”忽然，他摆起检查员的神气了，“这书是讲什么的？”

“是小说，是消遣的东西，无关轻重。”

“我晓得它是小说呵！嘿，我还没看过小说？”他有点感到受侮辱了。为了显示他是个行家，他加重地问我：“小说也得有个题目呀！你这是哪一类的？”

“我这是一本短篇小说集，一共十篇，不是一个题目。”

这时，车上已坐满了人。一个机械匠在试验着发动机了。我开始有些不耐烦。

“那么你指指，哪个是写爱情的，哪个是写革命的？”他说得那样在行，我几乎要请他来批一下了。

然而我还是希望我们的谈话早些结束。

“篇篇都是革命和爱情。”我尽量满足着他的预期。

“你先生是哪派的？”他忽然转了方向。

“什么派不派，现在已经没派了，你还不知道吗？”

“那不然，什么‘左派’、浪漫派，你反正也得有个派，我没听说过没有派的作家呀。”

忽然，在我面前晃出了一个住在内地的新书购买者。书籍教给他的，与其说是“精神的粮食”，毋宁说是像意大利种、法兰西种那样分类的知识。我看准除非我把自己安排到一个科类里，否则是没希望脱开我的审问者了。

当我这样沉吟了一下时，他突然把一个更沉重的问题举鼎似的抬到我的面前了。

“你信仰什么？”

这回我可给他说了个大怔。特别当他把“信仰”

二字夸矜地加重说了。这问题同我这个人比起来，实在不相称得近于不伦了。而且，认真想来，我信仰的是什么呢？这问题即使拿给一个清醒的哲学家，怕也会不知所措吧。

“我是一个很普通的平民。我不属于什么政党。你怕认错人了。”

“不是，就是平民，他也得信点东西。比方说，你信不信最高领袖？”

“自然信！”到这时我才恍然他的“信仰”是“信奉”的意思。

这时，我觉得他简直有些不应该了。车上的旅客不耐烦地趴在窗口上听着我们，司机还是他的助手，竟揿了一声喇叭。他不检查我的箱底，却总扯了我谈这些没结果的话。我把箱盖关上了。这是向他表示，如果他没什么更有意义的问题，我想登车了。

然而他有。他问我：

“你都认识些什么文学家？”

我向他摇头，告诉他我这人不大会交际。

“不是，你总得认识一两个呵。你认识张恨水不？还有张资平，还有……”

他仰了头，在寻觅并抖擞他的知识了。忽然，汽车喇叭又短促而隆大地响了。这回连他也有点觉得不大合理了。他吩咐我可以把箱子搬进行李车去。他还好意地帮了我一把，像是表示歉意，并且低声告诉我：“我也是喜爱文学的。”

这句话令我又惊奇，又感动。到这时，我才明白他不是同我这个人为难，他是借着我表演或者发泄他的一点高尚嗜好。

“你看的是哪一类呢？革命的吧？”我一面锁着手提箱子，一面带点友谊地讽刺他。

“不，我爱战争小说。”

“哦，《西方平静无事》你看过吗？”到这时，他在我面前已不再是检查员了，我竟同他很自然地谈起天来。

“什么？西方？我倒看过《西游记》。那真热闹！”

我再没得可说。我无可奈何地上车了。事后，想到虽是被他错认了人，却以自己的纠缠使得全车旅伴幸免检查，也很有点英雄感觉。但如果在他们中间，真匿藏着一个半个汉奸，这错认的结果可就严重了。

车终于开动了。伏在窗口，我寻味着适才有趣的经过，如果时间充裕的话（那是说，我不在行旅中），那个检查员倒是一个很好的茶馆朋友。如所有生性痛快的人们一样，他一定在一壶茶没喝干前，尽他肚里所有的全倾吐个干净。然而这不是我心目中的 Javert，一个好检查员的本事不在嘴上，他应具有一双闪电一般的眼睛。

但闪电真的来了，可随之还有霹雳的雷。

我们到了平彝。车子在跑了一百多公里后，喘息地停住了。这便是那座“关”了。

我由车窗往外望望，天阴沉沉的，灰的云压在一座小城的头顶上。一些担了点什么的小贩由南门洞出入着，几个短打扮的人在车子旁好奇地停住足。在那几张代表黔北农民的面孔上，我看到西南内地同胞的忠实和坚忍。一切都和别的地方一样，也并没有什么可称作“关”的呢?

我开始寻找那个 Javert 了，我希望找到那个忠于职守的检查员。

大凡特殊角色，其出场总是稍微迟慢一点的。司机揿了两下喇叭，自己爬了下来，先进城去果腹了，留下我们坐那里，眼巴巴地等着“雷公”。

大约一刻钟光景（其间，车门上了锁，车里装满了大人的抱怨，小孩的啼哭），城门口才走出来一个着灰色军服的人，肋下夹了一叠纸。由他走路的方向和神气，我们断定这是将把我们释放出来的人了。我们热切地等待着他。

一把钥匙插进去，车门开了，随之跳上来那个着灰军服的先生。一个身材细长，颧骨微高，嘴角有些下垂的军官。他把手英武地向腰间一叉，用“刀牌”烟盒的那个姿势挺立在车门，“闪电一般的眼睛”向我们每一个人放射了，像是在计算人数，又像是使用着催眠术。

“你！”这第一声，可真有些雷公的模样了。一个硬硬的手指是对准了一个穿灰袄乡下人打扮的旅客。一路上，这人的好流清鼻涕，而且是打着瞌睡流，使邻座不知该哭该笑了。这声音足够他由梦海里浮起的。

“名字叫什么？”

“是我吗？”这人指了鼻梁，四十多岁了，却像个孩子那么茫然地问着。

“废话！”又是一声雷，而且比前一声更响了些。“你叫什么？”

“张福禄。”这个人吞吞吐吐地答了出来。

“干什么的？”

“裁缝。”

（像所有的检查员一样，他随问随在一个簿子上登记着。）

他写着写着，突然抬起了头，气愤愤地问：

“裁什么？”

“什么？什么不裁呀！”那个乡下人怔怔地说。

于是，全车都笑了。这笑，说是对那乡下人也可以，然而他不在乎。那个检查员却需要尊严。他似乎也明白自己问得有些不接头，他偏过脸来，呵斥地向大家嚷：

“笑什么？你们想扣在这里吗？”

全车寂然了，但不服气的眼色开始交换起来。

他放下了那裁缝，转向一个五十岁左右的妇人。她是在贵阳换的车，是由重庆来的。她一共有七八个同伴，有一个小娃娃大约是她的孙女，一路上总撒娇地叫着“奶奶”。

我想，对这老妇人，他一定要把声调降低些了。但他张嘴时的姿势并没有显出什么改变。

“叫什么？”声音是一般地大。而且，因为那妇人坐得较近，就更为震耳些。

“叫沈黄氏。”那妇人大约是第一次受到这种呵斥，那惊恐的眼睛说明了她的不习惯。

“干什么的？”程序和裁缝原来没有分别。

“我们是去昆明，我们先生在重庆做川滇铁路局职员。”

“你是他什么人？”又一个莫名其妙的问题。

当那妇人为这问题所惑，稍一沉吟时，她身旁一个穿黄色制服护兵模样的男人插嘴了：

“这是我们的太太。”

检查员把浓重的眉毛一挑。

“没有问你，少说话！”

这时，我对他已经由热望而变得奇怪了。我承认他有充足的威严，然而他施用的方式和时间却都不很适当。他使人忘记他是检查员，他倒像是多喝了一盅，或刚才有了什么不称心的事。

然后，他继续问着那个老妇人，问题太多，或者是逼得太急促，她咳嗽起来了，屈了腰，频动的头发出碎玻璃渣般的咳嗽。

“为什么不在重庆住，要往昆明跑？”他的不很扼要的问题一串串地堆来。那老妇人一壁咳嗽，一壁摆着手。那穿黄制服的忙替她捶起背来。

“你问……咳咳……问我的听差吧？”老妇人指指那穿黄制服的，央求着说。

“什么？”我们这位对自己地位感觉最灵敏的检查员又受到侮辱了。他用他的浓眉毛向全车一扫，“谁是你的听差？这一车全是你的听差吗？”他有意地向大家挑战。

全车旅客起了一种不安的喧哗，但还没有人领头阻止他这样。

“是他，请问他吧。”老妇人指了那穿黄制服的说。

“我偏要问你。”检查员对那正捶着妇人腰背的抛了个不屑的眼色，“说，你们一共多少人，什么关系？”

老妇人一急，又咳嗽起来了。

没等我的忍耐告罄（另一只手在扯我的衣襟，劝我出门少惹事），后面一个穿西装戴很厚的近视眼镜的旅客插嘴了。

“喂，你对老太太客气点好不好？”那人发青的脸上虽然写满了气愤，话出口时还是说得极和平，直像在央求。

“你是谁？干什么的？”检查员突然转过身来，把手做成待写的姿势，如铅铁板上落了雹子那样凶凶地问。

“我吗？我姓梁。”

“你干什么的？”

“我是中央研究院的。”这学术机关的名字明明很足以引起一点尊敬了。

“你——你还研究呢，一打仗，你们这群人都是废物。你少说话！”

这人原来是已转得温和了的。也许他想把雷招到自己身上，好任那妇人逃脱。然而，三十年前老塾师的威风显然不是他准备忍受的，他欠起身来：

“朋友，中国人不要欺负中国人，我们都是因国难才出门的。你——”

“你——你什么？”检查员发狂地嚷了一声，重新恢复了“刀牌”烟的姿势。

“你再说，我把你扣下！”

那位仗义的先生显然还不甘心。他立了起来，但却被旁边的旅客按下了。和事佬们用最悦人的笑容献给那受了侮辱的检查员，才算结束了一场风波。

然而那支铅笔，那双火闪一般的眼睛，和那雷的声音，都又颇固执地回到了老妇人身上。

大约一个半小时光景，在大家忍气吞声下，才完结了这番的审查。我呢，因已目睹这位检查员的英姿，便很驯顺地回答了他每一个问题。他大约精力也有限，并不曾对我分外为难。

于是门开了。我们搬起酥麻了的腿，走下车来。

这回是轮到检查行李了。

我不想把这“武戏”过于详尽地描写。我只说轮到我时，他仰头看了天，吩咐我“打开”。因为在盘问时，我不曾和他起过冲突，对于箱子他并不曾细看，只由箱盖上抽出一封朋友托我带的信。这信，事后我才知道有一节是提及湘西有匪的话。

“你看见土匪了没有？”他看完了信，厉声问我。

我还以为问的是路上呢，我很满意地说：

“一路上很好。”我实在高兴报告国人，抗战将近一年，我们的后方平静得直看不出战争的影响。这实在是敌人所想不到的。

“很好，为什么信上说有土匪？”他一“指”，几乎为那封信开了个窟窿。

“那恐怕是说湘西，而且，这信不是我写的呀！”

“是你带的，你就得负责，知道不？”他如教训一个小学生那样俨然地吩咐我。

望了他，那冒牌的拿破仑，我几乎笑了出来。然而我不敢。我只把信接过来，向他无助地点了个头。

这戏剧的顶点是他在一个旅客箱中搜出几张贵阳风景片，而且，这人在车上也是同他小有冲突的。即刻，他又得把力气放到喉咙上了。

“你带这个是什么用意？”

“随便带来玩的，”那人满不在乎地说，“你看，这还是在世界书局买的。如果不准买，自然就该不准卖了。”

“你少说。你有汉奸的嫌疑，知道不？”

“什么？你凭什么胡说？我是教育厅的科员，我有护照。”

“护照管什么用？黄秋岳比你没有护照？他枪毙了。你们这群念书的哪个靠得住！”

不怪那人发急，这罪名是谁也受不住的。于是，两个人又嚷起来了。一边嚷着“扣留你！”一边嚷“你敢！你胡说。”终于，还是那人的同伴出头，连作揖带告饶的，才算完事。

检查员把那叠风景片放在自己袋里了。

这时，已快两点半了。经大家要求，他竟开恩准许人同行李都检查过的，先进城去吃饭。

我啃着宣威火腿，听旁座不平的议论。我心里打开了一本《生理学》！我算计那检查员肝里一定有毛病，他一定是属于人类中不幸的一类。容易发气，容易感到受辱。

然而，吃过饭，在我们回汽车的途上，我又遇到了他，正同另一个人又说又笑地走来。适才的事并不曾使他还生气，他脸上没有了那层煞气，完全同我们成为一样。

我一半高兴他的人性，一半又怪他刚才为什么那样。是不是他把尊严当成了自己一种个人的娱乐呢？

我爱一个有威风的检查员，但我并不爱他滥用那威风。

车到曲靖县。这次我遇到了第三个检查员，也便是我理想中的了。不，他并没有那稍具浪漫意味的狡猾。相反的他十分诚恳，懂得礼貌，而且话说得也不多。

这人个子高高的，骨骼很有棱角，穿着一身黄军服，整齐而且英俊，颇有模范军人的模样。

但是，这次毛病该出在旅客身上了。同车有一对引人注意的夫妇（直到后来才知道他们的关系），男的年约五十，是个盲者，然而却穿了身军服，胸上还戴着“军政部残废军人医院”的证章。每当他摸着车门登车的时候，那情景是又可悯又可敬。那“太太”呢，却才二十岁左右，很胖，很矮。而且“十分的”麻。她那两片厚厚的嘴唇一路上好像也没停歇过，一下为争位子同一个人吵起来了，一下又大说大笑，在旅伴中，她原是颇可厌的一个，然而看到她那么熨帖地服侍那老爸爸般的丈夫，却又不能不敬重了。

当那英俊的检查员走到他们跟前，吩咐他解开行囊时，她嘟嘟囔囔地说着不甘心的话，“同乡的面子喽”，“军政部喽”，总之，她不肯开箱子。

“这是我们的规矩，讲不得同乡。”

忽然这麻妇人嚷嚷了：“你这个检查员，你干什么总向我望！”

想想看这有多可笑，多可气！我一点也不怪那军官感到侮辱。可怜那盲军人莫名其妙地仰起了头，茫然地望着。然而那军人似乎还没有我气，他耐心地但是坚持地揭开了他们的箱盖，验完了后，才指了她说：

“你不要胡扯，我有我的公事，谁来望你！我是因为你男人对国家有功劳，我尊敬他。好好照拂他吧。”

事情居然这样无趣地结束了，那个麻妇人似乎很觉失望。

一九三八年五月二十五日

原载一九三九年四月二十日《文丛》月刊第二卷第一期，收入《灰烬》，上海文化生活出版社一九三九年五月版

贵阳书简

单说我们自己呢，这番苦可不冤。八百里的荒山呵，什么你都看不见，满眼尽是硗瘠，荒凉，陪伴着极端的贫穷。然而在这旅途的那端却有这么一座阔城等着你，有电灯，有电话，有洋瓷浴盆，还有离湘境后久违了的绿森，这简直是太丰富的报偿了。

其实，比起上海，比起青岛，贵阳还说不上阔。然而位置在一柄枯叶般的省份里，就已经有些阔得不和谐了。每一个疲倦的旅客一走入贵阳近郊，看到那么细柔娇绿的垂柳，看到饭店旅馆的醒目广告，都会感到莫大欣喜，甚而感激；然而把肚子填饱，把疲惫的身子安置到一张铁床上时，近于忘恩地，一种惊讶会冒上心头。他将不自禁地问自己（他心里那些庞大山岭的影子，沿途那些乞丐般的穷苦同胞的影子，将逼着他问自己）：怎么，这是仙境吗？是沙漠中的海市蜃楼吗？昨夜还睡在一张为虱蚤霸占了的破席上，生活在那些张菜色的脸，那四面透风的茅舍，那只有焦黑巉石、枯黄野草的荒原上，今夜怎么竟有了丝绵被？穷骨头的印象是温暖过来了，却为另一种难受代替了。

这次抗战，对各省不啻一大会考。拼命发展都会，置内地于不顾的错误是种植于过去。新的当局想来已着手纠正了吧。

离开晃县没多远，湖南那种蓊郁的松岭不见了。出现在车窗外的，就只是山的瘦骨：土是惨黄的，山是秃的；偶然露出一片横断石面，就像秃瓢上长了块疮疤。瘦马吃着枯草，直像疮上爬着的虱子。唯一为这些荒山生色的，就只有野生的天竺。没有人栽种，没有人培植，它好像为荒山抱了不平——天赋它的太薄，人又太懒，于是，嫣红的天竺仗义地生满了山坡，红得几乎闪了光。村子是稀少的，每到一座县城，照例在近郊荒山脚竖着一些木牌：“××县造林场”“××县保林场”，牌子的残破模样说明它已经多少轮寒暑。“保林场”保的却依然是万顷枯草。然而贵阳近郊的模范林场的树苗却茂盛异常；可知贵州土壤和树木本非冤家。沿途名洞古刹的左近，也常有些绿树，但那与民生无关。倒是黔南的杉树笔直高举，确是壮观。

一出晃县，多的是节烈碑，有时十几个连接排列。凉篷小轿下，垂搭着的仍是三寸红金莲。这种配列，使我们对内地文化不知如何估量。沿途护路队很多，黄昏时，这些衣装不甚齐整的队员时常在枪刺上挑上一束白菜或猪肉，缓步回家，至为逍遥。

贵州河流太少了。田间灌溉多用一种巨型水车，直径可数丈，水由旋转的木斗汲上后，逐一地投入半块横断的竹筒里，流入田垄。遇阴天，灰重的云彩下，大水车转动起来直如一幅荷兰风景画。

过镇远，沿途苗民便多了，青苗、黄苗、蓝苗、花苗都有，见到的以黑苗最多，花苗服饰最好看。有的三五成群，担草赶骡；因为服装一律，分外整洁。特别动人的是傍晚时分，坐在山腰牧着畜群的苗子，对着黄昏的火，很忧愁地望着。这些人如不认真“教育”一下，把他们变成力量，恐怕有人要代劳了。

所有坐公路车的人，在担心个人安全之余，都不能不连声赞叹黔省民力的伟大。能征服这种入天伴云的高山，那力量无论放在什么上面也是不可轻视的了。一出玉屏，山路就变成了“带子”，折折叠叠，害得半车人全吐了。到盘山，车有时蛇行，有时做螺旋形，车声呜呜地响，只见那英勇的司机，四肢不息地扭动。然而更英勇的是那看不见的千万双手，用勇敢、巧妙和坚忍铺成这魔术般的路。

到重安，湘黔公路的最高线，司机又带我们驾起云了。车由山脚爬到云中，四下全是不透明的白茫茫，大地像一块西式点心，我们钻到上层那片奶油里了。那时，深浅、高低、远近的观念完全没有了，一切全陷入渺茫，只是隐隐地心窝里时常问着“假使差了一尺呢”，但即刻又按住这不祥的疑问。慢慢地，奶油变成半透明的了，隐约好像已看到了什么。果然，我们钻出云头了，我们超越了大地的那层奶油，车轮下是万顷银白“云海”（到这时才明白这“海”字如何不易躲避）！偶尔海里孤岛般露出几座峰头，然而在凌空而上的我们，那不过是“丘冈”而已。

在一个山坳，我们遇到了一件怪事。一辆大汽车横在桥中间，只留一道过人的缝子。我们的车停了，司机下去看。过一下，我们听到一片喊嚷，“打官司！”“凭什么？”我们车上有几个军人，他们首先跳了下去。我由窗口趴看，只见桥栏上坐了七八个用纱布缠头的人，满脸怨气。他们同我们的军人互相嚷起来了。我赶忙也跳了下去。原来那辆车前四五天在此翻了，死了一个，伤了十来个。虽然跑贵阳不到一天路程，电报、电话、公函全去过了，不但没有车来接，连个回音也没有。故此这些客人急了，将他们的车横在路上，想借此威胁那沉默的路局。于是，纠纷起了，甚而几乎动了手。

最后，大汽车搬开了，一个缠了白布的陌生旅客登了我们的车。他是代表那些旅客去贵阳交涉的。

这实在不是很好的情形，幸喜最近中央已把西南联运重新整顿了，但愿这种事不再发生。

贵阳的街道还很齐整，店铺格式微像九龙，但中山门却太令人想念沦陷了的南京。

一九三八年六月六日

选自《见闻》，桂林烽火社一九三九年九月初版

河口险遇

——并怀施公蛰存[1]

一九三八年夏间，正当我百无聊赖地蛰居昆明，寄食在杨振声、沈从文两先生那座位于北门街的寓所时，突然接到《大公报》胡霖社长一封电报。电文前半，慨叹“八一三”后《大公报》由于版面紧缩，致使同人星散。老板还颇有点自我批评精神，为当时处理轻率深表歉疚。后半才是电报的主旨：要我接电后，火速赶往香港，共襄港报开创之盛举，并电汇来川资，似不容许我任何其他考虑。

那时从昆明去香港，要先坐火车沿着滇越铁路到安（越）南的海防，再从那儿搭轮船。走过这条路的人，都告诫我一路上麻烦得很，做好精神准备。其实，从昆明到海防，路并不长，然而得走三天，因为火车晚上不开。第一晚到开远，停下来，住店。第二天开到边城河口，从那里过境进入安南的老街，随后去河

①施蛰存（1905～2004），他一生有四个窗口，东窗是文学创作，南窗为古典文学研究，西窗是外国文学翻译和研究，北窗是金石碑版之学。先生学贯中西，20世纪30年代初他所主编的大型文学月刊《现代》，为文学的繁荣、发展做出它的贡献，尤其围绕它的诗人群所形成的“《现代》派”，是支很有影响的诗歌流派。——编注

内过夜。第三天方抵海防。那以后，还有三天海路。然而更难以忍受的还是进入安南后精神上的不快。在老街过境时，法国海关人员无比蛮横刁难。殖民地的官吏值勤时总喝个八成醉，动不动就用大皮靴踢人。

我一边打点行李一边想，得找个旅伴才好。那年头从沿海城市去昆明的文化人，大都住在翠湖四周。大家一道逃空袭，一道煮茶剥花生聊大天，所以消息比在大城市还要灵通。很快我就听说施公蛰存要回趟上海，而且也只能走这条路。于是，我们就结为旅伴。

说来有趣。施公曾被封为海派小说界的大师，我则算是京派的一个小萝卜头。然而我们一路上却处得十分融洽。施公学贯古今中外，谈吐诙谐幽默，我听得神往，增加了不少见识。

火车沿着滇南的红河，穿过崇山峻岭，向南奔驰。我们对坐窗口，天南海北地闲扯，因而丝毫也不感到疲惫或单调。

第一晚我们在开远住了店。第二天就出国境进入安南了。这时我想起一九三五年我刚接手编天津《大公报·文艺》时，由于登了一篇描写安南的散文，报纸所在的法租界一名黄毛巡捕竟蹿进编辑部，吹胡子瞪眼睛，狠狠地用警棍把写字台的玻璃板都敲碎了的往事。我心里不免有些嘀咕，连在租界里他们尚且那么跋扈，到了他们的属地，指不定多么霸道呢！

谁知没等出国境，我就碰上了麻烦。

聊着聊着，坐在对面的施公显得有些疲乏，我也就住了口。转眼，他身子往后一歪，打起盹儿来。

那些年我随身总带着一个小小的硬皮本子，像画家那样随时随地做着素描，不过我用的是文字。我曾坐在塘沽码头上和上海十六铺的厂房里速写过。这时，我就从衣兜里掏出小本本，用文字素描起车窗外的滇南风光来：衬着蓝天，那大朵大朵白得发光的低云，挺立在赭色土壤上的仙人掌，红河岸上的茅屋，铁道近旁的田垄……

正当我聚精会神地写着时，突然有人从身后猛地把我紧紧抱住。除了小时玩捉迷藏，我还不曾被人这么抱过。我立即注意到夹住我身子的那双胳膊的袖口上竟镶着两道箍。原来我已成为带枪人的猎物了。

我连忙对那两个宪警申辩说，请不要误会，我只是在作文字写生。他们冷笑着说："我们早就发现你形迹可疑了，休想逃脱。"

施公也被惊醒了，看到这情景，一时愣住了。及至明白我是被当作汉奸抓起后，他就站起来，竭力替我辩护，然而白搭。说不定他们抓到人还能拿到什么奖赏呢，所以一口咬定我是在国境线上偷绘地形图，打定主意拿我去交差。

车到河口，停了下来。

旁的旅客都朝边境站走。经检查后，就能出境，进入安南。我却被两名宪警押到车站旁的稽查处。施公坚持陪我同往，一路上还就我的身份问题同押解我的两人争辩不休。

于是，审讯开始了。旁边还有个小伙子在做记录。主审人黑瘦得像个烟鬼，嘴角上叼着支香烟，乜斜着眼来回打量我。我没有律师，但我有施公这位无比热心的证人。他证明了“八一三”之前我在上海《大公报》干什么工作，也说明当时在昆明我有哪些社会关系。他还解释，我确实是写东西的，并且出过什么书。

隔壁房间里，正在打着长途电话。我注意到主审人随手在纸上写点什么，登时就传过去。

审讯完毕，我们就坐在那里静候昆明的回音了。真不知道怎样感谢施公才好，他本来早就可以安全出境的，却一直陪我坐在那儿，等候宣判。

最后，一位袖口上镶了三道箍的官儿，推门从隔壁房间走了进来，朝主审人点了点头。大约昆明警察局来了电话，证明我确是良民。这样，我才被无罪释放。一场虚惊后，施公同我一道提了行李，重新踏上旅途。

战争期间，想当个屈死鬼，再容易不过。回想起来真有些后怕。那次多亏了施公，否则我还不知会被押到什么地方去了哩。

从那以后，我就放弃搞文字写生这个习惯了。

一九九一年二月一日

选自《关于死的反思》，台湾业强出版社一九九三年版

从昆明到海防

一九三八年秋，《大公报》在香港创刊了。事先，我应胡霖社长电召，赶去那里参加筹备工作。

那时，内地人赴香港，得走安南，正如要去西藏得走印度。我必须先穿过当时那块法国殖民地，才能到达英国统治下的香港。倒也好，这样可以体验一下两种殖民统治。

以昆明为起点，安南海防为终点的滇越铁路并不长。其实，有一趟名为“米西林”的特快列车，当天就可到达，然而只有达官贵人才坐得。当时那种便利与我无缘。普通旅客得走上三天，因为火车只在白天行驶。它像驿马一样，每晚都停下来，乘客分头去住客栈。第一天它停在滇南重镇开远，那时也叫阿迷州。第二天在河口出国境，抵老街。第三天开到海防，这才搭轮船航行三天，到香港。这六日行程如今飞起来，连六个小时也用不了。

这条铁路沿线（尤其在云南境内），风景真是迷人到家了。火车开出不远，铁道就同玉带般的红河并行起来。我从黔南进入滇北时就注意到：在贵州，你爬完一道高山，等待你的还是一道峻岭。云南则不然。火车穿过一道险峻重岩（有时是从一个悬崖钻入另一个绝壁)，在众山环抱中，总有一片平坦、碧绿、富于人情味的田野，镶嵌着棕榈、芭蕉的稻田里，时有老乡赶着水牯在耕作。

离开昆明后，火车不知跨过多少桥梁，穿过几十座隧洞。有人说，当初法国人修筑这条铁路，为了炫耀他们的工程技术，故意专走险处。关于有些地段如丝带桥及人字桥，还有一些美丽的传说。忘记指的是哪座架在两道悬崖之间的险桥了，据说多少造桥专家的设计都失败了，在施工过程中还死了一些工人。最后只好在巴黎重赏招标，中标的是某火柴厂的一名普通女工。她用火柴棍摆来摆去，竟然拼凑出力学家们所未能设计成功的图案。

那个时期，我有个习惯：喜欢随时随地掏出个小本本，记一记所见的景物或头脑中刹那间闪现的思绪。行程的第二天，快到边境时，我正倚窗作文字速写。猛然间，被人从身后紧紧搂住了。火车到站后，大家都忙着下车办理过境手续，我却以“当场抓获”的间谍嫌疑，被腰挎盒子炮的边境检查站的人扣留下来。幸经同行的施蛰存老兄出面证明，站上又向昆明反复核实，才得放行。

在老街，我第一次领略到法国殖民地海关人员的粗暴。他胖得呼哧呼哧直喘，嘴里斜叼着雪茄，人又喝得醉醺醺的。他双手在我皮箱里东翻西抓，最后索性把箱子扣个底儿朝天。他不是在搜寻什么违禁品，只是在逞威风。

好容易住进了旅馆。本来热带气候就闷热，又这么折腾一通，身上的衬衫已经贴肉了。正要享受一下淋浴时，茶房敲门了：到殖民厅去核对护照。迟一刻，第二天就休想上火车。

旅馆离殖民衙门还有好长一段路。茶房在前头领着同乘这趟列车来的这批乘客浩浩荡荡地前往，队伍里还有缠足的老妪和抱着娃娃的妇女。

殖民厅好威风啊！天花板上是一只靠人工拉拽的大风扇，由两个安南人操作着。台子后面神气活现地坐着位殖民官。他一边喝着什么饮料，一边拈着他那两撇仁丹胡子。站在一旁的安南下属握着一叠护照。每当喊到谁，就得挤到前边，听任殖民官上下打量。等他确认你是良民后，才在护照上唰唰地画上两下，就算过了关。

老街是个边境小镇。旅馆门前是一条专做过路旅客生意的街。街北草坪上有座露天剧场，附近还有一家赌场。每当回忆起老街那家旅馆，除了难熬的闷热外，屋角墙缝间那种叫起来活像麻雀的大壁虎的形象，就会浮现在眼前。

抵达香港后，我曾在《安南的启示》一文中写道："在安南，你可以看到一个国家应有的东西：美丽的山河，现代的文明；所缺乏的只有一样：自由——独立国人民应有的自由。……丢掉了自己的文化，又丢掉了自由，那是注定了的悲剧，是什么现代文明也不能补偿的损失。因为机器本就是吮血的家伙。如果不是把‘民族’放在前面，作通盘的打算，文明也许正是个噩梦。”

选自《萧乾文学回忆录》，华艺出版社一九九二年版

安南的启示

滇越道上冥想录

我是怀了莫大好奇，惴惴地走过河口到老街那座“边境桥”的。时间已近黄昏，为了在车上写日记而被督办署的密探当汉奸扣留盘问了一会儿，时间耽搁得愈晚了。我仓忙随了那安南挑夫奔出了车站。中国是懂得信赖友谊的，在这边界，我没看到一个戍兵。隐隐地，我甚而感觉了些失望。

我们的河口距安南的老街，真是只有一箭之遥。若立在坡上，向对岸安南朋友喊一声，是不难听到答应的。那距离，宛如在除夕说“明年见”！分隔这两个“戍站”的，是南溪河与富良江（红河）交叉处的一道支流。很少有像南溪河那样对铁道忠实的朋友，它由宜良一直把我们护送到边界。那支流，恰如河的尾巴，弯曲地环着河口镇打了个盘旋，便扬长向广西方面流去，把河口围得如一瓮城。河在半途，虽怒浪滔滔，流到尾巴，却异常温柔静穆了。趁着灰暗的暮色，那迤逦的小河直像是对出国的儿女们频道珍重。

于是，我们跨上那白色的木桥了。我望望周遭的山峦，望望那S形的河，一种对祖国的恋情油然爬上了心头。我提了小藤包，随着那安南人进了税关。在事前，我已受到许多朋友的警告，我预料这是一重不大好过的关。

由昆明上车时，我便发现在管理的天才上，法国人得认输。滇越路的秩序远不如当日的京沪，其紊杂窳陋倒有些像平绥路。车票是木刻的，这倒是收藏家巴不得的事。没有月台票，这不过杂人多进去些。行李照例有限制，但是车开后才用一柄旧秤，买大葱般地当场称衡，价目自也难求划一。车厢里“墙头文学”很多，这不过证明路太长，旅客不甘寂寞。不该的，是在三四等车里，人货不分。你一点也不能料到在下一站将逢到什么旅伴！也许是几十只欢喜拌嘴的鸡鸭，还许是倒捆了双蹄的小猪。至于安南旅客担个挑子上车，那几乎是应该的事。在这条铁路上旅行，使人念念不忘十九世纪火车运输的萌芽期。

自然，在这税关里，我并不期待合度的待遇。

一般人都以为安南的税关太“厉害”了。有的人应怪他们的自来水笔太漂亮，有的不该戴两只表。其实，我想那法国关员不会怎样“厉害”的，因为他太胖了，太暴躁，也太没有礼貌了。他并不一件件地细翻，用小而光强的电筒照，用尖锐的眼睛搜索。我觉得他是在开玩笑。他把箱子抄底先抖它一下，然后，如一个顽童般捣乱了，也许这么一乱，四两鸦片反而匿了形，也许他只看中了几盒随身用的罐头。于是，他扣下了，并且不许“不要”。但到第二天，你才发现在一张完税单上开着几个人的“税”品。这几个人的方向，行期尽管不同，你纳了税，途中照样得有麻烦，那落后了走的，还得另外补税。

我忍受了那大顽童的一阵骚扰，到旅馆，才松了一口气。

哪里容你松气！另一个大顽童还在等着摆弄你哪。刚好享受着淋浴的爽快，茶房嚷了，快去“对护照”，迟了走不成路（反正什么一落伍，就一切全休），只好狼狈地跟了他出去。原先以为只一个人，如今才知道浩浩荡荡一大群，如十字军般集合在旅馆门口。还以为是在门口对验呢，但那在前领路的茶房直像汉姆林的小笛手，引我们走，不，是跑上一条无尽的长路。可怜那些年纪老的，我身旁还有一个抱了婴孩的少妇，也得莫名其妙地随了一道奔波。老街是座小城，大约把这城走到头，才看到一个殖民厅之类的“衙门”。

一进门，墙上用斗大的中、法文字写着入口条例：“……如敢故违，处罚越币 ×× 元，立即驱逐出境。”其实，入口的人谁敢不老实！柜台里，有几张办事桌，宛如一个小银行。许多着了整齐制服的安南官吏在低头做着事。只有一个法国人，坐在中央。隔了好久，才由一个安南人朗声唱起护照上的姓名。那声音，对本人自然不是很熟稔的。但你得随时准备答应，不然，那白种人一不签字，一切可真就又完事了。

老街，这个安南边城，是一座简陋而齐整的小镇。一条专做旅客生意的街上，你可以买到一切随身的零碎。街北一座空坪开着一个露天剧场，晚上永远挤满了人。能看到的赌场，有一家义合公司，长条桌上“押宝”，靠门处有一方桌，玩的是什么“猜赌”。一只只污脏的手，紧紧握了血汗赚来的钱，在那里碰运气。天气是闷热得要命，天花板上虽然摆动着一只人工拽的大风扇，但那并不能扇走酷热和安南人身上发散的一种气味。

在夜里，还会有一种怕人的声音由屋角发出。虽然是仅仅四五寸的乳白色壁虎，那声音却有些像麻雀。

第二天早晨，自然又有一列火车在等候着你了。

滇越路可以分作三段：由昆明到阿迷洲（开远），如由山麓向山腰爬。其实，距顶峰还很远很远，但已觉高得晕人。云南和贵州大不同，贵州是遍地皆山；而云南则爬过一重，便可降落到一片为青山环抱着的平原，四下都是江南风味的稻田，笨大的水牛低垂了脖颈在田塍上徘徊着。这景色似有意使旅客喘口气，特别是在芭蕉稻田丛中，还杂着北方的玉米，“云南的土真是无所不宜的”。刚要梦起平原的老家，突然，火车又钻山洞了。宜良那截是出一个大的进一个小的，一连四五十个，使人不用打算喘口气。紧紧尾随着火车的橙黄江水，有时远远看到山洞便偷偷躲起了，但一钻出洞来，它又凑近成平行了。风是渐渐有些烘脸了，窗外有时还飞着热带型的美丽昆虫。这还不稀奇，在塘池，可以看到弱水，是一个为青山紧抱起的小湖，有绿草地长长地伸入湖中，形成天然的码头，是最动人的景色了，难怪那法国领事捺不住泛舟的想头。但这温柔而比重太轻的水，终于把他揽在怀中了，成为他的葬身地。途中所过车站的名字都古古怪怪，什么羊街子、狗街子、拉黑黑，总之，使你觉得确已走到最辽远荒凉的地方了。在两旁，还时常出现倮倮人，扶了篱笆门，用迟钝的眼睛对你瞭望。到阿迷洲这段，是如爬山的初步，为了路的崎岖，风景的离奇，旅人有的只是叹惜。

车由阿迷洲开出，到老街这段，简直如做了场噩梦。什么都变了样子。一望无际的芭蕉园，开的尽是巨大鲜红的花。古怪怕人的蝉鸣，由羊齿植物的丛莽中发出。瀑布如天河般由山腰倒挂下来，倾泻着万斛银珠。出现在你左边、右边，全是死命嚼着槟榔的安南人，用麻雀吵架的声调攀谈着。然而你一定没有心情听。天哪，一天要钻一百多个山洞！有的由山左侧钻进，在洞里转了方向，却在另一方向钻出，有时还由一座山的悬崖钻入另一座。洞里阴森滴水倒不可怕，骇人的是那些有名堂的桥，丝带桥，人字桥，只适于想象的奇迹（然而被一个法国女人完成了）。这一天，车如天马般在滇南的山顶上奔腾。不容你叹惜了，它令胆小的掩起眼睛，胆大的起了疑惑：人怎么这样有本事，把山拆成这个样子？这真是一绝妙安排。阿迷洲到老街，一天盘桓在云雾里钻出钻入百多山洞，简直看不到一片平原。但由老街到海防，恰如由山顶下降，甚而已经落下。永别了山峰，永别了怕人的洞（但正是它们形成了我们西南天然的屏障)，这一路过的尽是舒坦的平原。

文化优越感

我尽管不是一个本位文化论者，走到安南，我深切感到在文化遗产的继承上，我们的祖宗真太慷慨了！今日，屠杀我同胞的敌人，他就承受了一大笔，而且那早已变成他的全部家私。在安南，我随处都惊讶：怎么，这个他们也有？我们的文字，我们的建筑，甚至我们的日用器具。在延祐祠，我看到极工整的汉文对联。真武观供的是太极八卦。那晚去看安南戏，就辨不出与潮州戏有什么不同！也是那锦绣的袍袄，拂蝇代替马鞭。也是一个姣姣娘子，为一群粗眉瞪眼的恶汉劈手夺去，然而恶汉自己中间又起了内讧。但走出河内的法国远东博物馆，才恍然这不是奇怪的事。

许多人由海防特意跑到河内去参观这个法国殖民地中可骄傲的文化宫殿，但碰壁的人已经不少。因为它每个礼拜只开两次，日子很难凑巧。我这次却同朋友先找到那个博物馆的主管机关，法兰西远东研究院，一进楼门，四壁看到的都是中国线装书。靠西首藏的多是佛教经典。一个释僧正在那里抄写什么，长长的指节，缓慢地在纸上蠕动着，出家人真是最专心的学者。上楼，遇到那位热情的馆长，使我们有福气在次晨去看那博物馆。说是福气，一点不假。上下两层楼，古今数千年文物的陈列中，只有朋友同我两个人在欣赏。谢谢那馆长误认我们做了专家。我们看到十五六个世纪前的悭吝人，藏的铜钱已融成不可分的一团。看到暹①、缅的佛像，古代南洋人的戈矛、陶器，及中古的镶贝木器。看到明命十七年（一〇八〇年）Champa 的一块地界碑，写的都是汉文，当时，我们的文化是怎样深入亚洲各民族各阶层！

今日，西方文明在东方似有莫大威风。它的本身如何且另说，它带给东方的，不能不说大抵是抽水马桶式的“舒适”而已，西方精神对一般人都依然是隔膜的。它譬如自天降下的一股水，落地即成死湖。虽然它来自一条浩荡的大江，但那相距太远了。而中国文明之行于亚洲，却如长江、黄河。它有时泛滥，且常混浊，但它却是条绵亘了时间与空间的主流。这里堵，它流向那里。可以改道，而不能绝流。从水利上看，有些灌田的不是有意引来的，譬如运河。有些却是造物所派定。中国文化便是在这情形下漫流着，安南自然地逃不掉它的灌溉。

华侨并非财神

在河内和海防都有一条唐人街（或叫广东街），比起法国人的区域，是店铺小，街道窄而且脏。人杂乱，但在肤色上又很单纯。街旁悬的幌子全和广州差不多。

①暹罗即今泰国。——编注

这街比起安南人的地带，却又显得富裕、干净，而且有生气了。每个中国人到此，莫不先打听这个地方。在河内三天，我就没一天不到这街上走走。在一家卖水果海味的杂货店里，我居然发现了一堆汉文书，有绣像的《三国志》，有《建国方略》，有《西安事变记》，也有一些新文艺作品，几个青年立在那阴暗的角落里，专注地读着祖国的出版物。我还听到一个十二三岁的孩子，哼着“起来，不愿做奴隶的人们”，这歌传布得真远！

你走进一家旅馆，或饭馆，只要是中国人开的，有两张照片你永远看得到，那是孙中山和蒋介石先生的肖像。每个楼梯的拐角处，每间雅座的当中，都悬挂着，有时且还用彩穗装饰起，旁题“还我河山”或“收复失地”，都充分说明了那照片是怎样为他们所尊崇、膜拜。

华侨有报纸（河内的两家安南报社，《中外新闻》是公然亲日的，《东法新闻》最近说话才公平了些，但一般安南人对中日战争看法是只有日本天天胜，中国吃着大亏）。然而他们不甘心仅看安南人的报，于是粤东会馆每晚收长沙的中央广播，次晨油印出来分给各侨胞和商号。海防是由华侨中学的教务处来办。这种新闻传播的方式是新颖而且可怜的。它说明了侨胞们是在怎样狼狈的情形下关切支持着祖国的抗战。

更动人的，是河内小湖畔那几家华人咖啡店，他们和日本人开的咖啡店做近邻。黄昏时分，湖畔乘凉的人多了起来，买卖旺盛了。那日本店铺奏起极诱人的音乐来。我们的咖啡店自然也不甘示弱，留声机也唱起粤戏来。那“生存斗争”的情景之紧张，真如看两个拳手的拼命。我们的侨胞是在肩摩肩的情势下，在海外同商业上及政治上的敌人“抗争”着。

许多人看见报上华侨的大批捐款，都以为华侨的钱来得特别容易，他们都是活财神。在唐人街上走过一遭，就发现这观念错误得令人心寒。在一个享福的大城市里，唐人街总是介于白人与土人之间的一个并不舒服的地方。他们很少有一个白种的大主顾。他们不能讲求卫生设备。更苦的是他们成年流浪在外，谁能担保那叼了水烟袋，坐在店铺门口呆望的中年男子不是在思念潮安或惠阳乡下他的老婆呢？他们是在和疾病、贫困、寂寞奋斗着。他们捐的是仅有的一点积蓄，因为他们目睹了亡国之恨。

有谁曾想到为他们再多做点事呢？

怎样被统治着

世界上除了大不列颠，法国是拥有殖民地最多的国家了。我没到过非洲、小亚细亚。连安南，我到的也只是一角，我不能批评法国的殖民政策，我只能说说我所感触的。多么不可靠的事！河内是安南总督所在的地方，更难得到很准确的印象。

火车快到河内时，要先经过红河上那道很长的铁桥，桥的南端，便是河内的近郊了。工厂烟囱，巨厦屋顶，自来水塔，一切现代都市应有的布置，就全有了。然而我第一眼看到的，是红河边上，正有几十个土人，裸了身在泅水，有的还一丝不挂地仰卧在沙滩上。我羡慕这伊甸园的幸福，也惊讶起法国人对“属民”的放任。若在一个吐口水罚十大洋的香港，这不知应怎样重办了！

滇越路这一路都可做法国统治者放任主义的说明。自然，这放任不是在政治上，只是纵容土人过他们自己本来的生活。在河内，也很少看到法国人干涉安南人的生活习惯。

另一方面，法国人对于文化输入却又极认真。在昆明，我认识的几个安南人，都能阖起眼来背上七八首拉马丁或雨果的诗，且用了同样热情的声调。与他们提起任何一个法国古典作家，都即刻表现出骄傲与崇敬。然而他们受的仅是中等教育，干的是银行簿记。

在上海或香港，我们到处遇到的是百货商店，书铺可极稀少，且多可怜地挤在犄角。在河内，只有一家 Grand magasin，却有无数的书店。我说无数，是大小全包括在内。大的，规模可以和我们的百货公司抗衡，陈列得疏朗而有秩序。即使海防，那个只过水兵的港口，也还有一家相当大的书店。在“文化侵略”上，英国也许稍来得迟钝些。

近年来我们在提倡着拉丁字，在安南，却已见到这文字的成功。安南本来使用的是汉文，自从为法人抢去后，一个法国教士就在这上面用了功夫。今日的“安南文”只有声音而已，文字已全拼成字母了。我看到洋车夫也能拿一本小书消遣。安南几种“月刊”“半月刊”在小贩走卒手里也可找得到。我曾向一个年轻木匠手里借看过一本，里面还有两篇由汉文翻成的，都是《江湖奇侠传》一类与现实无关的东西。拉丁字本身之较方块字容易推行是不成问题的。这是技术，学习心理的事实。它可以灭绝一国的文化，也可以推展一国的文化。可以麻醉，也可以警醒。这便轮到使用的问题了。

使我更惊讶的，是在唐人街上一家小书店中，我看到法文和安南文的《第一届共产党宣言，巴黎公社经过》以至节译的《资本论》。法国统治者的宽容究竟能放到那样远么，笔者可不敢论断了。

总之，沿途我没看到预期的鞭打、虐待。我绝对不要颂扬统治者，我只在想我一个安南朋友的话。他说：自从中日战起，法国因需要安南土人在国防上合作，更怕他们受野心的日人利诱，在待遇上已在改善了。

可是，亡国之恨依然很明显地呈现着。

只缺乏一样

在安南，你可以看到一个国家应有的东西：美丽的山河，现代的文明；所缺乏的只有一样，是自由——

独立国人民应有的自由。

火车穿过安南北部的大平原，芭蕉园，棕榈树，红河的晚霞，一切半热带的风光都是那样媚人。每过一个安南乡村，必远远看到一个木牌（如动物园里的标牌一样），蓝底白字，写着 ×× 村，整齐也如动物园的牢笼。至于交通尤称便利。横过铁道或平行着的，随处都是公路，且许多是柏油的。有固定班期的红色长途车在上面行驶。到了河内，尤其得惊讶安南文明化的程度。轻便火车，长凡数里的铁桥，宽大的柏油路，两旁栽着硕大的尤加利树，剧院的古典建筑，工商博物馆，无一不令一个未出远门的人疑心这是巴黎。然而再反顾这块土地本来的主人，一张张菜色的忧愁的脸，穷得只有做小偷的生计，一个抱了个营养不足的孩子的妇人，望着一个“侏儒”乞者在地上打滚。她呆望着，终于由肮脏的肚兜里摸出一个心疼极了的铜板，丢在地上。那侏儒高不及两尺，头很大，通身滚得是泥。把钱揣在口袋里，他又向另外一个穷同胞“表演”去了。这侏儒可说是一部分安南人的象征，他什么都没有了，除了那身卑微奴性，就凭那个他换取他的生计。

丢掉了自己的文化，又丢掉了自由，那是注定了的悲剧，是现代文明也不能补偿的损失。因为机器本就是吮血的家伙。如果不是把“民族”放在前面做通盘的打算，文明也许正是噩梦。

安南的悲剧

（别忘了这是一面镜子）

忠厚，或者说“和平的爱好”，是美德，但这世界显然已另有安排，多少民族就正牺牲在这美德上面了。安南第一个悲剧，便是人太老实。在“唐人街”上，可以看到热烈的争斗。一桩小小事情，可以吸引无数路人，集合到一个地方，观看、批评，甚而参加那新奇事情。在安南街上，这种活跃的生气找不到。老街，那样热闹的边城，一过十点，全镇店铺上板，街上肃静得像死了一般。安南人是那样对命运甘于屈服。在河内，我们给错了车夫的车钱，一个却领了双份走掉了。那冤屈的车夫并不知跳起脚来不依不饶。那么大的人，他用袖口擦拭着颊上的泪！

然而更大的一个悲剧，是对自己穷苦同胞的漠不关心。这是一个最无可挽救的堕落。当大多数民众被榨压得仅剩了奄奄一息时，极少数的“高等越人”因为被统治者豢养了的缘故，生活的外貌是欧化了，他们就趁势改变了心肠，置同胞苦难于不顾。结果中上阶层过着奢侈的欧化生活，也穿了讲究衣服，俨然绅士般出入白人的社会，下层大众则依然过着猪猡的生活，而且时势所趋，每况愈下，造成了全民族的永灭。在云南半年，我认识了三四位这样的“高等越人”。我时常到他们家中玩。最熟的一家，是一个曾去过巴黎学医的安南人，家里养着七八条狼种的狗，每天都拼赛吃着牛肉同牛肝。他的家和一切白人的家并无不同，我很失望，竟找不到一点安南风味。他们吃的常是西餐，唱法国的流行歌曲，喝里昂的葡萄酒。每逢他们兴致好，打起麻将来时，每张椅子背后都立了一个仆人。安南女人的手指是美的，修长的手指，一边要捏牌，一边还托了烟枪。当我在僻静处试着口锋提起争取“自由”的话时，他们立刻就吓得要命。他们怕受到“革命”的嫌疑，也许他们根本怕革命。因为这样不是已经很好，很自由了吗？在生活方式上，他们距安南大众比白种人距黄种人尤远，在谋取解放上，他们也似乎比白人尤其害怕。革命将革掉了他们的阔日子。他学的是医术，但他并不把这本领带到安南内地，造福贫苦同胞，却挤到一个医院林立的大地方，服侍有钱的人。

但我能厚责这位安南朋友吗？敬爱的读者，我们中间谁有这权利呢？

一九三八年九月一日于香港

原载一九三八年九月六日至八日《星岛日报 · 星座》第三十七期至第三十九期，收入《人生采访》，上海文化生活出版社一九四七年四月版

中国的东南角

在香港，我一边编着刊物，一边还在寻找着去内地跑跑的机会。在我的生活愿望中，那总是占第一位的。

这时，我与昔日的同窗谢冰季（冰心大姐最小的弟弟）在岛上重逢了。我们从小学一年级就是同班同学。初中毕业后，他去英国学海军了。一九三八年，他在一条缉私船上当船长：一身雪白笔挺的制服，黑底金道道的肩章，神气极了。他的船当时正在珠江三角洲一带游弋，就提议带我去距香港只三小时航程的宝安县玩一趟，说那里如今正处于三不管的状态：它当然不属于香港，可广东省正忙于防御敌军入侵，也鞭长莫及，而日本人可能认为早已是囊中物了，或者还没来得及去占领。我自然很乐意同他走一遭，既可一路上叙叙别情，又能踏访中国东南一个被历史遗忘了的角落。

归来，我写了《从香港到宝安》一文。

然而我心坎上更挂念的，还是潮汕。那是我十八岁上开始流浪生活的起点，是我的第二故乡。在那里，我第一次尝过爱情的苦果，也第一次体验了人生。

就在这当儿，我遇到了代表华北游击队来香港募款并购置药品的黄浩。我同潮汕人总是一见如故的。

我们立即成为好友。我陪他在香港跑了一些地方，并访问了同他一道来香港的尉桂勋。他是我在崇实的一位老同学，我们曾坐在一条板凳上织过地毯。那时，他已成为华北游击队一名出色的爆破大队长了。根据他的自述，我写了《一个爆破大队长的独白》。那是较早的一篇描写游击战争的文章。

在香港完成了任务之后，黄浩忽然问我，想不想跟他一道回一趟他的家乡？那还用说！我绝不会放弃这样的机会，我并没辜负他的美意，回港后连续写了《潮汕鱼米乡》《岭东黑暗面》《林炎发入狱》以及《阻力变成主力》。文章内容可能有犯忌的地方。那阵子我写的通讯，总是香港及重庆两地的《大公报》同时刊登。这一批香港照登了，重庆却一篇也没采用。

这是我第三次去汕头了，是在侵略者随时可能登陆占领的前夕去的。尽管那里的海还是蓝得像宝石，小电船在蛇江上也依然龙虾般地穿梭着，一路捏着鼻子尖声叫着。绵亘起伏的蜈蚣岭也仍像天地间一只巨蟒那样沉睡着，可我心里却有一种异样的惆怅感。当然也想到了我那一去不复返的"梦之谷"，可更萦萦于怀的，还是潮汕的命运。看到岭东的黑暗面，我真为它担着心思。

然而不同于当时的香港，这毕竟是自己的土地啊！到处贴着"誓死保卫祖国"的标语，路口堆积的沙袋象征着民众抵抗的决心。市电力厂已经遭到敌机的轰炸了，除了中山公园一角，四下里一片漆黑。关心时事的市民们坐在大喷水池周围，倾听着南生公司的无线电播放着新闻。不过，小巷里卖鱼丸馄饨的小贩照样挑着担子，敲着竹梆，用嗄哑的嗓音叫卖着。十年前的往事立即兜上心头。

这时，黄浩的胞弟暹罗（即今泰国）归侨黄声为了配合救亡工作，正在揭阳和普宁一带办起南侨中学。我们访问了校本部和几所分校，同那里充满活力的热血青年相处数日，看他们上课、操练、开讨论会，个个都将是游击队的坚强战士。我写了《教育流进僻乡——南侨教育史上一奇迹》。在他们身上，我瞥见了岭东的黎明。不少当年的南侨学生，五十年代都成为潮汕地区的行政骨干了。黄声也当上汕头市的副市长。然而在史无前例的“文革”浩劫中，黄声、黄浩哥儿俩均屈死于残暴的红卫兵之手，黄浩的第三个儿子也受了牵连，被暴徒从东四头条硬拖到六条，一路拖一路打，就这么丧了命。在《未带地图的旅人》一文中，我曾追忆过同黄家的这段友谊。

一九三九年春，我又从香港赶到昆明去采访正在修筑中的滇缅公路。那次我一口气写了五六篇通讯，登在港版及渝版《大公报》上。一九四七年编《人生采访》时，我只收了《血肉筑成的滇缅路》。我拙于言辞，在文中称那些铺土、铺石，也铺血肉的两千五百万民工为“历史的原料”。在我心目中，他们才是抗日战争的脊梁骨，历史的栋梁。

选自《萧乾文学回忆录》，华艺出版社一九九二年版

血肉筑成的滇缅路

罗汉们

有谁还记得幼年初涉足“罗汉堂”时的经验吗？高耸的石级，硕大的飞檐，乳鸽雏燕啁啾在阴森黑暗的殿顶，窸窣着翅膀，而四壁泥塑的“云层”上排列着那一百零八尊：盘膝而坐的，挺然而立的，龇牙笑的，瞪眼嗔怒的，庄严，肃穆，却又诙谐，一种无名的沉甸压在呼吸器官上。

旅行在崭新的滇缅路上，我重温了这感觉。不同的是，我屏息，我微颤，然而那不是沉甸，而是为他们的伟大工程所感动。正如现代人对蜿蜒山脊的万里长城惊愕得倒吸一口冷气，终于有一天我们的子孙也将抱肘高黎贡山麓，叹止地自问：是可能的吗？九百七十三公里的汽车路，二百七十座桥梁，一百四十万立方尺的石砌工程，近两千万立方尺的土方，不曾沾过一架机器的光，不曾动用国库的巨款，只凭二千五百万民工的抢筑：铺土，铺石，也铺血肉，下畹段（下半至畹町）一九三七年一月动手，三月分段试车，五月便全路通车。

你不信，然而车沿怒江岸，沿梅子箐驶过，筑路

萧乾一九三九年春从香港返回昆明，用三个月时间采访滇缅公路，完成特写《血肉筑成的滇缅路》。回香港后，于九月一日前往英国伦敦。此照为初到伦敦时拍摄。

的罗汉们还在屈着腰，在炽热的太阳下劳作。车驶到脚前，他们才闪开，立存那陡岩绝壁的新缺口。山上巉嶙森凛得怕人，亚热带古怪的藤蔓植物盘缠在硕大的木棉蜂桐上宛如梁柱。汽车爬坡时，喘嘘也正如你我幼年登罗汉殿石级时那样吃力。而密如蚂蚁的筑路罗汉们：秃疮脑袋上留着小辫的，赤背戴草笠的，头上包巾颈下拖着葫芦形瘿瘤的，捧着水烟筒的，盘坐捉虱的，扶着犁耙的，一个个站在路边，或蹲住山脚，定睛地望着（嘿，悬崖上竟跑汽车了，他比坐车的高兴）。罗汉们老到七八十，小到六七岁，没牙的老媪，花裤脚的闺女。当西洋团团正该在幼稚园拍沙土玩时，这些小罗汉们是赤了小脚板，滴着汗粒，吃力地抱了只簸箕往这些国防大道的公路上“添土”哪。那些羞怯的小眼睛仰头望到我时，那直像是在说：“你别嫌我岁数小，在这段历史上，至少我也撮了一把土呀！”

桥的历史

挖土铺石凭的还仅是一股傻力气，桥梁和崖石才是人类血肉的吞噬者。异于有钢架的火车桥，公路的桥梁时常是在不知不觉中便滑过去了。有一天，也许你会跨过这已坦夷如平地的横断山脉，请侧耳细听，车轮下喀吱吱压着的有人骨呵！长城的修筑史已来不及搜集了，我们却该知道滇缅路上那些全凭人力搭成的桥梁是怎样筑成的。并不是“上帝说有桥，于是就有了桥”。每座都有它的惨淡来历，像胜备桥下桥基时，先是筑坝，把来势凶猛的江水迎头拦住。然后用田塍上那种水车，几十只几百只脚昼夜不停地踩，硬是一瓢一瓢地把江水淘干。然后还要筑围坝，最后下桥基。下桥基的那晚，刚好大雨滂沱。下一次，给水冲掉一次。这时山洪暴涨了。一千多桥工，为了易于管理，是全部搭棚聚住在平坝上的。江水由边缘涨到他们的棚口，后来侵袭到他们的膝踝。可怕的魔手呵，水在不息地涨，终涨到这千多人的胸脯。那是壮烈凄绝的一晚，一千多个路工手牵着手，男女老幼紧拉成一条受难的链索，面对这洪泛（液体的坟土）绝望地哭喊。眼看它涌上了喉咙，小孩子们多已覆了顶，大人号啕的力气也殆尽。身量较高的，尽嚷“松不得手呵！”因为那样水势将更猖獗了。——半夜，水退了。早晨，甚而太阳也冒了芽。但点查人数的结果，昨夜洪流卷去了三四十个伙伴。

有怨言吗？不。工程处的梅君告诉我，第二天他亲耳听到一个路工一面晒着浸湿的裤褂，一面自言自语着："怨谁呢？我谁也不怨，这就叫国难呀。"

如果有人要为滇缅路建一座万人冢，不必迟疑，它应该建在惠通桥畔。怒（潞）江在全国河流中踞势之险峻，脾气之古怪，读者或已闻名了。禹贡里的"黑水"据说就是它。老家在西藏包河老，经西康循念他翕摽和柏舒拉摽而入滇，宇宙间一条巨蟒，东岸屏念他翕余脉的怒山，西岸便是三小时害得汽车呜咽喘嘘的高黎贡山（属喜马拉雅山系，来头自然也很大），山巅虽然有时披雪，躺在山麓下的怒江，温度却时常在一〇五度，有时热到一一八度。而江流多险滩，水质比重又轻，既无舟楫之便，即想利用江水冲运木料也不易。当惠通桥未修成时，每年死在渡江竹筏上的人畜不计其数。谢谢侨缅滇籍巨商梁金山氏（永昌人），他在民国二十年便捐修了一座铁索桥，造福往来商旅，功德无量。惠通桥工程虽浩大，还仅是沿用旧墩，加强原有载重力而已。但其艰险情形，听了已够令人咂舌的了。

惠通桥的铁工是印度人，木工是粤人，石工多是当年修筑滇越铁路的云南人（他们每个都有一堆陈旧掌故），但还有并无专技却不容泯没的一工，那是"负木料者"。为了紧固桥身，非使用栗木不可，十个月修桥，有半年时间都用在搬运木料。如果栗木遍地皆是，自然就没有什么神话意味了。然而栗木稀少得有如故事中的“奇宝”。它们长在蛮老凹（龙陵属），藏在原始的深山密箐中。七八天的路程，摸着悬崖，在没人的鬼剑草丛中钻出钻入，崎岖得不可想象。半年来，有近百人常串在蔽不见日的古森林中，披荆斩棘地四下寻觅，砍伐下来，每天经常有几百人抬运好沉重的栗木呵，每十五个人搬运一根，七个抬，八个保驾。这样搬了一千根，才筑成了这座驮得动钢铁的桥。

筑桥自然先得开路。怒江对岸鹰嘴形的惠通崖也不是好动的家伙。那是高黎贡山的胯骨。一百二十个昼夜，动员了数万工人才沿那段悬崖炸出一条路，那真是活生生一幅人与自然的搏斗图，而对手是那么顽强坚硬。一个修路的工头向我追述对岸望到悬崖上的工人时，他说：“那真像是用面浆硬粘在上面一样，一阵风就会吹下江去。”说起失足落江时，他形容作“像只鸟儿那么嗖地飞了下去”。随之，怒江自然起了个漩涡，那便是一切了，但这还是“美丽”点的死呢。惨莫惨于炸石的悲剧了。一声爆响，也许打断一条腿，也许四肢五脏都掷到了半空。由下关到畹町，所有悬崖陡壁都是这样斩开的呵！

一个没声响但是更贪婪的死神，是那穿黑袍的“瘴毒”。正如地狱里有牛头马面，土人也为这神秘病疫起了许多名堂。如龙、芒段的双坡、放马厂、芭蕉窝等地，据说是流行着：（一）泥鳅痧——症象同一般发痧，腹痛，土治法是把胸脯刮出红筋。但红筋若翻过肩膀，生望便濒绝了。（二）哑瘴——发烧，把手放到头顶上，都觉发烫。随后又发冷。渐渐神志昏迷，不能讲话。据说患者延三天必死。（三）肛疹，一位路工指导员（沙君）曾染此症，病象是骤冷骤热，呕吐昏晕。沙死后发现他肛门内有菜籽状疹豆。（四）羊皮痧——头痛，皮肤起红点，燃之火，噼啪作响。及红点一黑，人即完事。另外还有无数种的神秘症象。总之，永昌以南的路工死于瘴毒的数目很惊人。如云龙一县即死五六百，筑梅子箐石桥的腾越石工二百，只有一半生还。

虽然有些人武断地否认瘴毒的存在，直谓为“恶性疟疾”，而许多云南朋友又把这“五彩虹氲”“如一股旋风，腾地而起”，说得那么俨然。记者以不谙医学，不便做肯定的论断。但只要看看边地筑路工人的生活情形，即知死亡以种种方式大量侵入，原是极其自然的。这些老少英雄们很多是来自远方的，像蒙化、顺宁、腾冲。公路并不经过他们的家乡……时常须走七八天的路才到。他们负了干粮（还有没粮可带的穷人，白天筑路，晚上沿门讨剩饭）。爬山越巅地走到工作地点，便在附近的山坳里扎了营。地势是低洼毒湿的，四面为巉岩围起。一路上，山箐里每片炊烟都是由这些“棚”中腾起。那实在只有两根木棍做支架，上面散铺着树叶，湫矮到仅容一个人“钻”进去。遇到阴雨，那实在和露宿分别无几，而赶工的时期刚好多在雨季。那小棚是寝室、厨房，又是便溺坑。摆夷路工作为炊饭燃料的是捏成饼形的牛粪。

这便是为烈日晒了一天的罗汉们，晚上憩息之所呵！

历史的原料

爱听故事的，这条路上可有的是——只是每个似乎都和死亡结了不解之缘。您不怪记者太煞风景吗？令人激奋的不是没有，像龙潞段上那位老秀才张万有（梁河土司辖境的汉人），年纪已快六十了，带着儿孙三代，同来修路。放工时，老先生盘膝坐在岩石上，捋着苍白胡须，用汉话、摆夷话对路工演讲这条国防大道的重要，并引用历史上举国对抗暴力的掌故。他不吸水烟筒，但喜欢闻鼻烟。生活是那样苦，他却永远笑着。他是用一个老人的坚忍感动着后生。在动人的故事中，这是唯一不令人听完落泪的了。但到了保山，我才知道连这位老头儿也为瘴气摄去了。临死，他还望了望那行将竣工的公路，清癯、皱纹的脸上，浮起一片笑容。

沿途我访问了不下二十位“监工”，且都是当日开天辟地的先驱者。追述起他们伙伴的惨剧，时常是忍不住淌下泪来的。工作太疲倦，因昏晕而掼下江的；误踏到炮眼上，崩成粉末的。路面距山脚是那样悬高，许多人已死掉，监工还不知道，及至找另外尸首时，才发现一摊臭皮囊。像去年四月二十五日，腊猛梅子箐放工资时，因道狭人多，竟有路工被挤下江去。等第二天又有人跌下去时，才在岩石缝隙发觉那走在前边的。

残暴无情再莫如黄色的炸药粉，它眼里没有壁立千仞的岩石，更何况万物之灵可不经一锤的人！像赵阿拴明明把炮眼打好，燃着。他背起火药箱，随了五个伙伴说说笑笑地往远处走了。火捻的延烧本足够他们走出半里地的，但谁料到他背后火药箱满了，那粉末像雪山蛇迹般尾随在他们背后。訇的一声，岩石裂响了，他们惬意地笑了。就在这时候，火却迅速地沿了那蛇迹追踪过来，而且直触着了火药箱。在笑声中，赵阿拴同他的伙伴们飞扬到空中，纷纷落下江心去了。

更不容埋没的是金塘子那对好夫妇。男的一天挣四毛，打炮眼，女的三毛，工作是负火药箱。规定每天打六个炮眼，刚好日落西山，双双回家。

有时候我们怪马戏班子太不为观众的神经设想，而滇缅路上打炮眼的工作情形如果为心灵纤弱的高贵人看到，也许马上会晕厥吧！想在一片峭岩绝壁上硬凿出九公尺宽的坦道，那不是垂手可成的。打炮眼的人是用一根皮带由腰间系住，一端绑在崖脚的树干上，然后，人如威尼斯桥上的竹篮那么垂挂下来。挂到路线上，便开始用锤斧凿眼。仰头，重岩叠嶂，上面是衬了蓝天的乔木丛草，下面江水沸锅那么滚滔着，翻着乳白色的浪花。人便这样烤鸭般悬在大地的墙壁上。待一锤锤把炮眼打好，这才往里塞炸药。这并不是最新式的爆炸物，因而在安全上是毫无保障的。为了防止它突然爆响，须再覆上一层沙土，这才好燃，而且人要矫猿般即刻攀到崖上。“拔河”工夫慢了一步，人便与岩石同休了。

那一天，这汉子手下也许特别勤快。打竣六个炮眼，回头看看，日头距峰尖还老高的。金黄色的阳光晒在大龙竹和粗长的茅草上，山岚发淡褐色，景色异常温柔，而江面这时浮起一层薄雾，一切都在鼓励他工作下去。

“该歇手了吧？”背着火药箱的妇人在高处催着他。她本是个强壮女人，但最近时常觉得疲倦，一箱火药的重量可也不轻呢！

他啐了口吐沫，沉吟一阵。来，再打一个吧！

这“规定”外的一个炮眼表现了什么呢？没有报偿，没有额外酬劳，甚而没人知道。这是并没读过书、知过大义的一个滇西农民，基于对国家赤诚的一份圣洁贡献了。

但每个人的体力和神经毕竟有限，而自然律原本无情，赤诚也不能改变物理因果。

这一回，他凿完了眼，塞完了药，却忘记敷上沙。

訇的一声，没等这个好人爬远，爆炸了，人碎了。而更不幸的，火星触着女人的药箱，女人也炸得倒在崖边了。

江水还浩荡滚流着，太阳这时已没山了，峰尖烘起一片红光，艳于玫瑰而淡于火。

妇人被担到十公里外工程分段的茅屋里，她居然还有点残息。血如江水般由她的胸脯肋缝间淌着，头发为血浸过，已凝成为稍黏的饼子。

过好一阵，而且就在这妇人和世界永别的前一刻，她用搭在胸脯上的手指指腹部，嗄声地说：

“救救——救救这小的……”随后，一个痉挛，这孕妇仅剩一缝的黑眼珠也翻过去了。

这时，天已黑了。滇西高原的风在旷古森林中呼啸着，江水依然翻着白浪，宛如用尖尖牙齿嚼啃着这悲哀的夜，宇宙的黑袍。

有一天你也许要旅行这条血肉筑成的公路。你剥橘子糖果，你对美景吭歌，你可也别忘记听听车轮下面喀吱喀吱的声响，那是建筑一段光荣历史不可少的原料。

原载一九三九年六月十七日至十九日香港《大公报》，收入《人生采访》，上海文化生活出版社一九四七年四月版

【余墨】

每逢瞻仰古代的巍峨建筑，长城也罢，祈年殿也罢，崇敬之余，心下总感到惊异。当年什么建筑机械都没有，我们的先辈光凭机智和膂力，竟能建起那么巍峨的建筑！

没想到一九三九年当各种建筑机械都已发明制造出来时，我在长达一千公里的滇缅公路上竟连一台推土机也没见到。一条那么长、那么艰险的公路，竟然

光靠胳臂拉、肩膀挑，就那么赤手空拳地修了起来。在那些用拉壮丁办法硬征来的千百万民工中间，我还看到七老八十的。吃喝全不管，在那遍地“瘴气”（恶性疟疾）的地带，连一粒阿司匹林也休想找到。

这道抗日战争中的长城——大后方唯一对外的孔道，就是这么克期修成的。那三个月在这条修建中的公路上奔驰，比奔驰在西欧战场上要危险多了，经常看到死亡：有从险恶的山路上翻车葬身山谷的，更多的是由于“瘴气”而突然倒毙。稻草堆上一位旅伴头晚还跟我又说又笑呢，天明，他身子就全凉了。至于征来修路的“壮”丁，死的就更不计其数了。

那是我初次写那么大场面的题材，文字很难写出那工程的艰巨。我选了全路的一个重点：惠通桥，它是从壁立的悬崖硬凿出来的。这里不但需要胆量，还得有技术。云南、广东，甚至印度的修桥专家们为了抗日，都来支援了。滇缅路当时是中国的大动脉。一九四一年珍珠港事变后，香港沦陷，它就更成为喉咙了。

那真是个大题材。只是我初出茅庐，笔力很嫩。虽然我写了点感人事迹，却没能表现出那工程的宏伟。

当时我还没学过社会发展史，不懂得人民是历史创造者的道理。我却称他们为“历史的原料”。当时我想的是：公路是用“壮”丁们的白骨铺垫而成的。

选自《萧乾全集·特写集》，湖北人民出版社二〇〇五年十月版

我爱芒市

请想想看：一个美丽到使人叹息的地方，四周竟为警戒的荆棘厚厚围起，且还在远处高悬一木牌：“前面危险行人止步”，害得每个过客都揣了颗悸跳的心。天下宁有这般荒唐愚蠢事？然而数世纪来，我们的西南边陲便这样笼罩在神秘的恐怖下，不要说专家学者，连卖苦力的一到清明都抹头就跑，唯恐瘴疠扯了他的后襟。边疆不开发，这个心理的障碍是一块分量不轻的绊脚石。

首先，我得为这样一个美丽地方鸣冤。它叫芒市，距缅边仅八十八公里，人口六千户，四山环抱，是一个椭圆形的盆地。一路上，我听人提到“芒市”的语调神情，就如同闹鼠疫的汉漠林城。直走到龙陵。芒市的邻县，遇到好心的本地人还是颤摆着头部说：“去不得呀！要上芒市坝，先把老婆嫁！”

但那时我离家太远，已来不及照他说的办了。我虽然也为他们的警告吓得有些惴惴不安，但另一方面，在支蚊帐、吃沸水、食具消毒的保障下，我决定用自己试验一下这死亡的陷阱。我不但去，并且，我不想遵守“过来人”退一步的劝告：早起不得，雨后天晴出来不得，香蕉吃不得，米吃不得……吃饭莫吃饱，早晨莫起早。

我是黄昏时分走进芒市的。一路上，我向近处的蜂桐远处的稻田探望，寻觅着那传说中的“蛮烟瘴雨”。我看到的却是为澄紫色的夕阳染成淡浓有层的山峦，朱砂的土地上，支撑着一幢幢长腿的竹舍，硕大的榕树伤感地拖着细长须丝，磁竹有如北方的马尾莲，那么一抱抱葱郁地茂长着，而飘在瘦长的金浮屠上，是边境特有的云彩，白得像雪，团团也像雪；有时如一只只逗急了的狼猫，张牙舞爪地跳将起来，不依不饶；有时又如一群驯顺的绵羊，但没有牧者，垂了头，在咀嚼那片蓝宝石的天空。道旁野生的霸王鞭多如茅草，大如小丘。合欢树下，席地坐着个傣族姑娘，忧郁俊秀的脸庞上团团盘着一束辫髻，两手无心地揉着土，像是在看云，还是在看守田丘上的大水牯，没人知道。只是一会儿，竹林丛中飘起一阵尖锐的笛声，她一把拉住合欢树的枝丫，人腾地站起来，便向那笛声的方向飞奔去了。

请不要讪笑她，因为恋爱是每个傣族青年的生命。

正因为芒市被人委屈了，它给我的喜悦也分外大。进了那低矮寨门，服饰、树木、人物，周围什么都是新鲜的，而第一眼迎纳我的便是菩提寺高耸挑起的幢幡宝盖，在晚风中摇摆。这时，寺院里随了僧乐，正起伏着一片诵经声。我瞥见一串裸着上身披了黄袈裟的背影。

我第一晚住在邮政代办所，便遇到滂沱大雨。在雨声中，我感到一种古怪的寂寞。次晨，大地放晴，一切都似为我的“实验”而安排。我是天刚刚亮便由支着蚊帐的行军床里钻出来。这时，庭心那棵马缨树滴着雨珠，似还在喘嘘着。我便提了相机跑出去。太阳出来了，大地蒸发了。我走在这亚热带的市墟，而且我吃了香蕉，也吃了米。一个月后的今晚，我可还平安地在香港写这个通讯。我依然记得芒市的米是怎样白嫩、香甜，比糯米有筋骨，比别的同类柔韧。它的委屈也正和芒市同。

芒市坝里的房屋疏朗有致，街道蜿蜒多曲。这时，雨水把砂石马路冲洗得明净可喜，街上清冷得不见行人。建筑也是那样不单调：瓦房、竹舍，面有彩金麒麟大影壁的是旧土司衙门。突尖有如哥特式建筑的是新衙门。临河是方土司的私邸“裕丰园”，掩在一丛密林里，河上是一座有走廊的木桥。对岸硕壮的榕树大得可以掩盖一片人家，由坡上北望，一座弓形的小桥下，湾湾流着河的一道支溪。稻田闪亮着一面面的镜子，为田垄隔成种种图案，有如大地的窗棂。

那还只是静的“美”，更令人神往的却是芒市的墟场。那是一条狭长的街道，两边搭着竹草棚。无墟时候，清冷幽静。墟期一到，便苏然醒来，乱糟糟充满了生命。竹棚下密密摆起摊子，空手的、负篓的、赶骡的，四乡民都麇集于此。燠热的太阳蒸起人畜的气味和老乡刻不离口的槟榔味。摊上闪动着锄犁，漆和蜂蜡，燧石和锡箔，经缅运进的廉价洋货，五色玻璃串球、赝品银玉器、棉布、瓷陶器。且时有伟男子就地陈列他新获猎的兽皮，抱了双肘，炯炯瞪着往来行人，说不清他是在兜卖，还是在耀武扬威。

芒市的墟场不但是边疆手工业品和水果菜蔬的展览，而且是民族的大汇合。你也许走过许多地方，看见各种不同的风光，但在一块空间上看到卖番瓜、牛肚子果的傈僳姑娘，在显耀着她那田字图案的五彩花衫，背负草席的德昂妇人紫红的麻衫下，腰间缠了十几箍黑圈，山头姑娘的珠花裙已够美了，衬了她所卖的“五色锦”和“同帕”正是锦上添花，而营生更广、数目更多的是傣族人。

随便你选择一个角隅，所有这些民族都全副行套地由你面前缓缓走过，你可以端详他们的服饰神气，倾听他们用完全不同的语言讨价吵嘴，你可以嗅到那不同的气氛，如果机警的话，你还可以偷偷拍照。

让我来替芒市翻案吧：“要去芒市坝，先把老婆带。”因为当一个好丈夫为罕世的“美”所激动时，他会后悔独自出门的。

原载一九三九年六月二十九日香港《大公报》，本为《被遗忘的人们》中之一节。收入《关于死的反思》，台湾业强出版社一九九三年版

从滇缅路到欧洲战场

一九三九年春，我经河内赶到了滇缅路，一直走到缅甸东部的腊戍。这趟旅行使我看到了抗战的另一面，壮烈的一面。多少华侨青年为了支援抗战，丢下他们在海外的安定生活，奔回祖国，用原始工具协助修建那条通往广大世界的公路——海岸被封锁后，它成了我们唯一的生命线。在采访那位印度铁工时，我问他为什么志愿到中国来支援。他擦了擦沿着头上穆斯林头巾淌下的汗水，朴素地回答我说，因为他恨侵略者，一切侵略者，他自己的祖国当时也处于奴役中。更动人的是那成千上万用保甲制度征来的民工，他们从远地跋山涉水徒步走来，自带干粮；有的老人胡须长达胸部。公路穿过的主要是少数民族地区，老百姓受着国民党和土司的双重压迫。他们顶着烈日，在那恶性疟疾猖獗的地带挥动着锄头。那时我还不懂得劳动人民是历史的创造者这个真理。在文章末尾，我说他们是构成“历史的原料”。这不只是用字不当的问题，它正说明一个没带地图的旅人的愚盲。

一九三九年的初夏，我由滇缅路赶回香港，那里已经积压着成百封的信件等待处理了。有从延安或敌后寄来的文章，也有报告行踪的作家书简。其中有这么一封看了使我莫名其妙的信。这是由伦敦大学东方学院寄来的。信中问为什么他们去信已近一月，迄不见我的答复。我怎么也没有找到他们前一封信，就回了个信，说明我因工作已离港多时，问他们原信究竟谈的是什么内容。不几天，回信来了。原来该院中文系缺一名讲师，经于道泉先生（早年我参加C.Y.时领导过我的同志，当时也在该系任教）推荐，邀我担任该职，待遇是年薪二百五十镑，旅费自备，先订合同一年。

这就是老舍先生曾经教过书的地方。据熟悉英国情况的朋友说，条件太苛刻了。二百五十镑一年，刨掉所得税，也就勉强够糊口的。而且这笔旅费去哪里筹措呢？即使举债前往，合同也只有一年，得哪辈子还清！所以尽管我做了多年的出洋梦，初步的想法还是干脆回绝算了。

事情给主持港报的胡社长听到了。他把我叫到办公室去。当时希特勒已经相继吞并了奥地利和捷克，战云已经在欧洲上空弥漫。胡判断欧洲非打起来不可，而且要打大仗。他劝我不必计较条件，先去了再说。至于旅费，你愁什么？报馆给你垫上，去了写点子通讯不就还上了嘛。

回到宿舍，一位同事伸出大拇指说，老板高明！《大公报》还没派过自己的记者去欧洲呢。戈公振、陈学昭都是客串。老板要把你这个棋子先摆在那里，这叫深谋远虑。

于是，我就给伦敦大学回了信。接着，由英国内务部签的入境证就寄来了。报馆庶务课的同事们在胡社长的关照下替我忙了起来：申请护照，订船票，还为我兑换了英镑和准备过境时使用的法郎。

就在这当儿，遇到一件倒霉的事。

当时，报馆宿舍是在香港半山坡罗滨臣道一幢楼房的五层。整理箱子时，出于好奇，我曾端详起法郎和英镑上面的图案，可能为对面楼上的歹人瞥见了。年轻时，我是倒下就睡着，通宵不醒的。第二天睁眼一看，哎呀，护照、证件凌乱地撒个满地，床下的箱子被人撬开了，所有的港洋和钱币全被盗光。

那是我生平第一次失盗，真是身子凉了半截。去不成了还在其次，怎么去赔偿这一大笔款子呢？越想越着慌。当时杨刚已经从上海孤岛来到香港，准备接我的摊子了。她也替我发愁。

可是胡社长关心的是：证件丢没丢？没丢就好。他带点哲理味地宽慰我说：好事总是多磨的，人生哪能没点挫折！丢的钱照样再给你补一份就是了，反正你勤写点通讯就都有啦。

这样，在纳粹轰炸机向华沙市区俯冲的那天清早，我就上了法国邮船"阿拉米斯号"。第二天早餐时从广播器里听到英法对德宣战，欧战正式爆发了。第三天，就发生了《坐船犯罪记》中所描述的那件至今仍令人气愤的事。

殖民者对殖民者自然也是"官官相护"的。此文从苏伊士寄回香港刊出时，已被检查官开了大半天窗。这还是一九四六年十月在上海江湾补记的。

重读这段往事的记载在我是痛苦的。但应当让新的一代读者了解过去黑暗年代里的各个方面，同时看一看殖民主义是怎么回事，也看看当时作为一个中国人的厄运。上海外滩公园那个“中国人与狗不得进入”的牌子并不是孤立的。当时的中国人走到哪里也要遭到同样待遇。《剑桥书简》里那个法国理发师那么对待我还不是因为我是个中国人！当时我多么想把他上唇那撮口髭给拔下来啊！

天平也好，木秤也好，价值是从比较中得出的。空气，阳光，生活中许多无形而又不可缺少的东西我们毫无察觉地享受着。只有当它们短缺时才会察觉，才会认识其价值。国家地位正是这样一种东西。只有在殖民地、半殖民地以至异域生活过的人，心里才有把尺子，并且能深刻地认识到做今天的中国人有多么不同。把《坐船犯罪记》收在这里，主旨就在于为年轻的读者提供一把（不管多么粗糙的）尺子。

从一九三九年十月抵达英伦到太平洋事变这个阶段，像其他旅英的中国人一样，我也是被莫名其妙地列为“敌性侨民”的。英国内务部为这类人做出不少规定：晚上八点以后及早晨六点以前不许出门，不准进入距海岸若干英里以内的地区，而且每周得向所在的警察局报到一次，大约是为了证明自己并未潜逃。

在那个阶段，理发也仍然得到经常给东方人理的熟店，住公寓也得找这样的地方。第一个圣诞节我想到伦敦去度，事先就根据报纸上出租栏的广告，从剑桥写信向海德公园附近一家公寓订了个房间，在利物浦街下了火车之后，我还特意从车站打了个电话。房东太太说，来吧，房间给你保留着哪。我提着一只小皮箱，按照地址找到了那家公寓，叩了叩门。门开了，那位在电话里满口应承的太太打量了我两眼之后，立刻变了卦，说真抱歉，房间刚刚租了出去。门咣当又关上了。《新政治家与民族》周刊还发表过我对这件事的一封抗议信。

最不愉快是当丘吉尔为了保全英帝国的残局，悍然封锁我们用血汗修成的滇缅路以讨好日本侵略者那阵子。由于我应援华会的邀请，到英国几个城市做过关于滇缅路的演讲，又曾参加过一次英共组织的，要求立即开辟第二战场的人民大会，因此受到伦敦警察局一位便衣先生的光顾，他彬彬有礼而又转弯抹角地对我做了一个多小时的盘讯。

萧乾一九四二年在英国广播公司做滇缅公路的演讲。

珍珠港事变后，一夜之间中国的国际地位有如气球般地腾高起来，成为“伟大盟邦”了。然而这时又出现了另一种尴尬局面：有时被误认作是日本人。

一天我坐在公共汽车里，后排突然有个喝得半醉的乘客用赛马场上的行话连声嚷着："嗨，你押错了马！"他越嚷越激动，后来索性把头探到我脖颈后了，酒气喷得我难以忍受。这时我才察觉他是在朝我嚷，就回过头来瞪他一眼，质问他为什么这样无礼。"因为你是个小日本！"我纠正他说："不，先生，我是中国人！"

这下更麻烦了。他马上站起来，紧紧坐在我身旁。先是一长串道歉的话，然后向我歪歪拧拧地行了个军礼，大声嚷道："向伟大的中国致敬！"这时，整个汽车里的乘客也都随声附和地向我表示起敬意。汽车照样在伦敦那狭窄的马路上行驶着，车里却好像是个交响乐队，而贴在我身边的那位醉鬼则是位独奏演员。他忽而仰起头来，眼珠朝上打几个滚儿，然后双手抚着胸脯，无限感慨地说："啊，中国，李白的故乡！"然后弯下身来紧紧地握了一下我的手；忽而又仰起头来照样表演了一番；然后又说："啊，中国，火药的发明者！"接着又是一次握手仪式。

看来在醉意朦胧中，他很想把他肚子里那点关于东方的渊博知识全部抖搂出来，而且他越嚷越坐得贴近我，有时甚至像是要拥抱或者做出更亲昵的动作。车上旁的乘客倒蛮开心，可是我实在再也忍受不下去了。加以他那酒味已使我窒息得要命，车一停下来，我就坚决地挣脱了他，赶忙提前下了车。汽车开动了，他还从窗口伸出那红涨的脸蛋，热情地向我挥动着手里那顶鸭舌帽。我目送着开走的汽车，无限惭愧地想：一刹那间我成为祖宗的光荣和当代中国人民为反法西斯斗争所建立的功绩的化身了。

一个人在国外往往代表的不仅是他本人，在他身上经常反映出国家的地位。

为了还旅费这笔数目很大的债务，我在英国确实写过不少通讯，这里收的仅仅是很小一部分。从一个角度来说，我在英国度过的那七年，不但物质上是他们最贫匮的时期，从艺术鉴赏来说，也很不巧：博物馆、绘画馆里的许多珍贵藏品都迁到安全地带了。为了防空，甚至电视也停掉了。然而作为一个民族，那是英国最伟大的时刻。当纳粹飞机对伦敦狂轰滥炸时，为了对残暴的敌人表示蔑视，他们在搬空了的绘画馆（坐落在市中心）里举办起午餐音乐会。外边高射炮叮咚齐响，大厅里钢琴家梅拉 · 海丝安详地演奏着肖邦和贝多芬的乐曲——是的，英国人比第一次世界大战期间成熟多了，懂得把贝多芬同希特勒区别开来。当少壮都上了前线时，中年人负起在轰炸中站在屋顶上瞭望的职责。警报一响，他们是井井有条地进入地下铁道的，时常看到扶老携幼、相互照顾的动人情景。我的住房一次中了烧夷弹。完全陌生的邻舍就把仅仅穿了睡衣的我背出火场。到了救护站，一杯热可可马上就送到我手里。倘若公民平时没有点急公好义的社会责任感，大难临头时争先恐后，只顾自己的乱冲，后果真不堪设想！

曾经有一次当警报在伦敦闹市响起时，敌机已临上空了。于是，人们恐慌地冲向地下铁道的入口处。在黑洞洞的阶梯拐角处，一个人被挤倒了，后边的人跟着一个个地被绊倒，叠成一个大人堆。警报解除后发现：左近并没丢炸弹，里边却有几十人因窒息而丧命。近来在北京，每逢看到有些年轻小伙子挤公共汽车的一往无前或排队“夹塞”时的剽悍，我就暗自担心，一旦发生战争，可怎么得了！

最难忘的是一九四〇年五月关键性的敦刻尔克大撤退。当时我正在剑桥。清早一开门，满街都是从法国突围出来的士兵，有的倚墙半躺着，有的席地而坐，一个个满身泥泞。但是他们依然唱着军队里流行的歌曲来嘲弄蔑视海峡对岸的希特勒。

一九八六年九月，萧乾应邀重返母校剑桥。图为萧乾与他当年的教授索尔特博士在皇家学院的草坪上畅谈。

在危急时刻，这种气概，这种精神力量，对于一个民族的存亡来说，是具有决定性意义的。

一九四三年正当我在剑桥准备开始写硕士论文的时候，重庆《大公报》的胡社长作为中国访英友好代表团的成员到英国来了。他们还到我所在的那个古老的大学城来观光过。胡坐在我书室的沙发上，问起我的计划，然后沉吟了一下，替我出起主意："你还差一年就可以得个硕士学位，可是学位对你有什么用场？当记者不需要它，当作家也不需要它。眼看第二战场就要开辟了，这可是千载难逢的机会啊！"接着，他现身说法地追述起第一次世界大战期间他在欧洲采访的往事，一步步地把我的思路引到他这边来。他让我慎重考虑一下：是弄个空洞的学位，还是到西欧战场上去驰骋一下。

我确实被他的话触动了。首先，在剑桥成天披了件黑道袍扮演中古僧侣的生活方式就不很合我那好动的性格。当时我研究的是英国心理派小说，越研究越感到这一派的写法在艺术上是死路一条。事实上，我已经几次在同导师的讨论中讲出这个看法，那也正是我计划在论文的结构中所要表达的观点①，说不定由于这种观点我就可能过不了关。另一方面，没能在本国的战场上跑跑一直是我的记者生涯中一大憾事，在西欧当个战地记者也未尝不是一种弥补。

---

①在《珍珠米·詹姆士四杰作》中，我曾带上一笔，见（原书）第100～102页。——作者原注

于是，我给了他肯定的答复。一九四三年六月，我就告别了那座恬静的中古学院，告别了我书室对面那座峻宇雕墙的教堂——它那深沉悠扬的风琴朝夕演奏着文艺复兴以来的宗教名曲；告别了碧水萦回的剑河和拜伦塘；告别了我时常去凭吊的古罗马城堡遗址，投身到风驰雨骤的报业中心舰队街了。

一九四三年萧乾（左一）与友人泛舟在剑桥大学剑河上

我同纳粹的炸弹似乎颇有缘分。一九三九年冬天，他们没派一架轰炸机光顾伦敦，东方学院却疏散到剑桥。转年迁回伦敦，恰好赶上了有名的“不列颠之战”。一九四四年夏天回到伦敦，正碰上希特勒祭起他那两宗法宝——飞弹（VⅠ）和火箭(VⅡ)。所谓“无人驾驶飞机”成百上千乌鸦般地满天飞，日夜在头上盘旋着，随时俯冲而下。一九四〇年纳粹德国没炸断过泰晤士河上的一座桥梁，这回炸断了。我的住所也中了一弹。

就在导弹四落的情况下，我请了三位助手，在舰队街挂出办事处的招牌，正式开业了。

除了每天往重庆拍发电讯，我这时期也写了不少通讯。有两篇我很想收进这个集子里，可惜一九四七年在编《人生采访》时，它们被我连同其他通讯一起塞进字篓里去了。这次想复制，怎么也没查到。两篇都是有关中国海员的，这里就简略补记一下吧。一篇写的是一位林姓中国海员海上遇难漂流获救创世界纪录的壮举。很少人知道第二次世界大战期间中国海员对那场反法西斯斗争所做出的卓越贡献。当时英国航运（也就是英伦三岛的生命线）主要靠三个港口：伦敦、格拉斯哥和利物浦。光利物浦一个港口就有两万名中国海员，在战争期间，将近两千人在服役中牺牲了生命。他们大多从事最艰苦同时也是最危险的工作：在船底舱当火头军。他们得成天忍受着烟熏火燎，船一旦出了事（从沉船比率可以看出大西洋上纳粹潜艇的猖狂），在船员中他们生还的可能性最小。

这位林姓年轻海员在一次沉船后，居然凭机智和膂力从底舱逃了出来，并且泅近一只救生筏。筏上的三名欧籍海员拼命阻止他攀上来。他终于还是上了筏子。几昼夜后，欧籍海员由于饥饿和饮了海水，相继葬身海底。这位中国海员听说过海水喝不得，怎么渴他也不喝一口。后来他想了个办法：从鱼尿泡里挤出过滤了的水喝。他靠捉鱼虾过活。每度过一昼夜，他就用大拇指的指甲在木筏边上刻个印子。他划了一百七十几个印子，始终没放弃生望。船是在葡萄牙海域亚速尔群岛附近遇难的。他天天在机警地瞭望着。终于有一天，他瞥见空中一架飞机掠过。他立刻举起筏上的手电筒，打出呼救信号。第一次飞机似乎没看到，飞走了。但是他耐心而机警地等着。他知道离陆地很近了。事实上，那时他已飘到了南美洲巴西的海域。飞机又一次出现了，而且这一次发现了他的信号。这样，他才遇救。

我在利物浦访问了这位面孔黧黑、神采奕奕的海员，深深为他的机智、沉着，对生命的顽强执拗所感动。一九四七年编《人生采访》时，可能因为这篇写得比其他报告更加粗糙，所以淘汰掉了。另一篇是写一位海员为父报仇的事。

当国家地位低落时，在海外的中国劳工生活之悲惨是难以想象的。在取得受外国船商的压迫和剥削的资格之前，他们先得忍受华籍招工承包人的剥削和虐待。那些家伙实际上就是人贩子。一个想吃海员这碗饭的工人只有通过他们才能找到工作。就业之前，得忍受种种非人待遇；上船之后，得拿出很大一部分工资去孝敬承包人。有一名海员在受虐待时进行了抵抗，于是，就被承包人推下海去丧了命。被害者有个儿子，当时他还小，但他立志长大要为父报仇。后来他也当上了海员。船每到一个港口，他就打听仇人的踪迹。一九四四年，这个年轻海员终于打听出那个承包人已经冠冕堂皇地当上了利物浦中国海员俱乐部的什么主任。这一天，他就揣上匕首来到俱乐部求见。他们是在客厅里会面的。当场他就把匕首扎入仇人的胸膛，然后自首了。

我赶到俱乐部时，他已被捕走。客厅墙壁上溅的血迹还是鲜红的。

领到随军记者证之后，我去置办军服了。生平第一次穿上棕黄色的军装，自是十分兴奋。我来回在长镜里照，边照边摆弄着那个绣了“中国：战地记者”字样的肩章，怎么也从自己身上看不出一点点英俊气概。翻开战地记者证，看到那句“此记者如被俘获，须按照国际红十字会规定，给以少校待遇”时，心里还怦怦直跳，幻想着耷拉着脑袋走在俘虏队伍中的情景。更糟糕的是，我从没穿过硬邦邦的马靴。刚走出大门，不知怎么一滑，就跌了一跤。我一边掸土，一边责备着自己：太不是军人材料了！

然而那套服装和揣在胸袋里的那个证儿可管事了。跨过海峡后，我就像吃四方的云游僧，哪个部队都有专门接待记者的联络官，吃、住之外，交通工具也便当。当我搭那条空军营救艇横渡英吉利海峡时，联络官问我会不会泅水，我说不会。这下他为难了。问我可不可以当晚去海滨突击一下，他保教。我告诉他说，我学了足有二十年，多少名师也没教会。他带着一种十分钦佩的神情朝我连连咂了几声，第二天还是让我上去了。怎么好意思不让伟大盟邦在西欧战场上唯一的记者上艇呢！

其实，战地记者离前沿总有好几英里，只能依稀听到隆隆炮声，踩上地雷的可能性要比被俘的可能性大多了。我不懂军事，一个东方记者也没有钻进司令部的门路。我只不过是去体验一下现代战争的气氛罢了。当时又不能从前线直接往重庆发电报，得由伦敦办事处转。记得第一次电讯次序在伦敦弄颠倒了，我深深同情渝馆翻译电报的同事。而且怎样从海外用英文打新闻电报，又便于译成中文，当时我也还在摸索阶段。

美国联络官在应付新闻记者上有一套十分高明的办法。除了实质性的消息之外，他们什么都肯提供。一次为了让我及时抵达一个地方，他们甚至为我开过一趟专机。那天我可有点泄气，因为原定飞机八点从慕尼黑开来，九点也没到。后来听说飞机摔到黑森林里了。又派来一架。上飞机之前我去同驾驶员握了握手，意思是关照他别把我摔到黑森林里去喂狼。握手时，我闻到了强烈的威士忌味。他帽子歪戴，两眼通红，爬上飞机时，我的腿真有点颤抖。

关于进入刚解放了的柏林，一九四七年编《人生采访》时没来得及补写，现在记忆已淡薄了，也不想再去尝试。有些情景至今仍留有深刻印象，特别是我踏着威廉街的废墟去看希特勒的元首府那次。这个当年向大半个欧洲发号施令的魔窟，却成了搜集战利品的所在。我去迟了些，黑十字勋章已被捷足先登者拿光了，还是一个站岗的红军哨兵塞给了我几枚。不知什么人喜欢恶作剧，在希特勒办公桌上拉了一摊屎！另一情景是看到德意志这个民族复兴的劲头之大。在柏林市的废墟上，妇女——甚至儿童们都排成大队，传递着烧得焦黑的砖瓦。

波茨坦会议我也算是去采访了，并且和其他记者一样，跟三巨头同在无忧宫里住了几天。联络官每天都举行新闻发布会，但“透露”的都是些花絮，诸如三巨头午餐席上的菜谱。对纽伦堡战犯，在开庭之前，同样让记者摸不到任何底细。倘若在西战场上我略有所获，那还多亏战后穿过美、法两个占领区做的那次旅行，这就是《南德的暮秋》那一组报告。

西欧战场，正如一切战场，表现了一个仿佛自相矛盾的道理：一方面，武器不精良必吃大亏。坦克装甲薄了一公分，就只好被打穿，不存在任何侥幸。另一方面，希特勒败于把宝押在那两件“秘密武器”上这一事实，也生动地证明了唯武器论的破产。战争归根结底比的是意志——不是司令官的意志，而是民众的意志；不是占上风时的意志，而是居于劣势——甚至处境危急时刻的意志。理不直，气就不壮；气不壮，则士气必不振。到了一定时刻，民众的意志就像决了口的堤坝，因为他们根本不晓得为什么而战。

在柏林，我那一组的记者们是被安置在汪希湖畔一位画家的别墅里。趁我去厕所的时刻，那位画家悄悄地走到我这黄皮肤记者身旁，腰弯着，头垂着，想用壁上一张水彩画同我换几包香烟。我问了他一声：

你们为什么打这场仗？他显然给我问怔了。他若有所思地偏过头去，然后耸了耸肩头，茫然地把双手摊开，用沮丧的神情回答了我：不知道。

对于把不把《美国散记》收进去，我一直犹豫不决。这篇写得特别草率。用一个月的时间跑遍美国那么大一个国家，走马观花，只觉眼花缭乱，什么也没看到。我终于还是把它收进去了，因为在文末向四十年代读者讲的那段话，在七十年代依旧是值得重复的：不要只看到美国人的生活享受，更要看到他们的实干精神。

英国小说和戏剧里一个经常出现的主题就是门第和遗产。弃儿汤姆 · 琼斯的出身原来并不寒微，连牛奶场的女工苔丝姑娘也要摆摆家谱，同显贵攀攀亲族关系。也许哪一代远房叔祖给国王立下一笔战功，封了爵位，于是一门九族世世代代就都沾起光。《傲慢与偏见》以及复辟时期大量戏剧里的少爷小姐们，每人头上仿佛都有个标签，上面写明每年凭遗产可以不劳而获的数目。

一九四二年在剑桥正式入学那天，我和其他也披了黑道袍的同学一道走进大学注册部，在那里把自己的名字写入一个厚大的牛皮校友册里。头天晚上同学们说，明天你就将和英国大文豪密尔顿和拜伦同一名册了，我也挺兴奋。可是在填写那个校友册时，发现后边还有这么一项，“家族有何显贵人物”。我很想填上“父亲看城门，舅舅卖白薯，姨父搬运工”。又怕人

一九八四年萧乾重访英国，与旧时同窗依喔尔德·荣格于剑河上

家以为我是在恶作剧，大煞风景，只好让它空白着。

相反，美国人心目中的英雄总是个白手起家，裹着报纸在街头露宿的穷小子，凭着个人奋斗（公式是：坚韧不拔加发明创造）而出人头地：不是变成百万富翁，就是当上名流巨子。在他们大量的传记文学中，从十八世纪的本杰明·富兰克林，十九世纪的发明家爱迪生到二十世纪的汽车大王亨利·福特以至红极一时的基辛格，突出的总是个人奋斗的过程。“个人”固是糟粕，“奋斗”毕竟还是值得一学的。倘若学美国的豪奢，再学英国的讲求出身门第，双料糟粕，那将是不折不扣的民族自尽。

选自《萧乾文学回忆录》，华艺出版社一九九二年版。本文标题为编者所加

印缅友谊值得争取

崇高的黑手

在中缅边界，人们喊印度人的货车叫“卡拉车”。它也许是一辆残旧的，也许还是“道奇”的新货，但有一个标志是不难辨识的：在那么一架实用、冷酷的机器的外壳上，他们总装饰点花花绿绿的，类如车门上画一只雄狮，一只巨象，或在尾梢匀称地涂上两朵牡丹，花瓣上或许还飘着只蝴蝶。随便你说这是人类稚性的抒发也好，东方人爱美成性也好，但老远看到这么一辆车驶来，你总会说声“呃，卡拉车来了”。

我遇见过三辆“卡拉车”，是在离缅境三十多公里的一座无名但颇险峻的山脚，而且是当我们的车陷入泥沟里的时候。我们那司机是一个颇为固执的家伙，他满以为开足马力便可冲出那愈陷愈深的泥淖，但摩托不停地转了好久，泥是溅得很远，车却纹丝未动。当司机在骂汽车的三代娘舅，我们绝望地垂头伫立时，“卡拉车”嘟嘟地来了。我们这辆抛锚的“难车”虽挡了一半公路，但如果开慢些，他们尽可以过去的。只听前面那辆“卡拉车”揿了一下喇叭，牡丹狮象的车里遂即跳下六条黑汉。他们嘿嘿噜噜说了一阵没人懂的“梵文”，便挽起袖子了。

正如母亲之于襁褓中的婴儿，外交需辞令，人类到真情流露时，语言反毫无用处了。他们连多看我们一眼也不，六条矫健如猿猴的好汉，便分头爬到轮下，赤脚翻天，掏泥，垫石，并把手做成木梳形，铲掉轮上的泥土。另一个就奔到“卡拉车”上去取绳索，预备拖出我们这辆“难车”。

临危不忘绅士风度的我们，感动得也只好下手抓泥了。就在这时，那昏聩的司机，竟焦躁地“行动起来”。首先，车尾冲出了一股煤气，把那个屈了腰正在垫石的印度人浑身溅成可笑的样子。他还仰起黝黑的脸，张了嘴呆呆向我们望着呢。我们刚嚷出“等一下”，司机又扳了闸，蹲在前右轮正系绳的黑朋友“哎”了一声。我跑过去，那条满沾了泥水的胳臂上，已汩汩地冒出殷红的血了。我抓住那只受难的崇高的手，另一旅伴忍不住在司机的肩头上捶了一拳。

摩托停了，黑朋友抚着血淋淋的胳臂，仰起脸来。他在咬牙根，然而他还向我苦苦笑着，毫无怨色。呵，好心的撒马利亚人！

你不相信世界上有这样“藐视实利”的傻瓜吗？我的同行中就有一个印度公子哥 M. Dara Slngh（华名“王亚龙”），他受过中等教育，家里在马来半岛开汽车公司，然而他丢下那份产业，志愿到中国来驾驶汽车。一路上，这位身材颀长，颧骨特高的“机工”，见了我必行僵直的军礼。直到遮放，他水土不服患了病。

我去探望他时，那只消瘦的手，还由被窝里拔了出来，颤巍巍地要向我行个礼。

“为什么甘心替我们受这份苦呢？”我坐在床沿上问他。那是我临离边境向缅进发的头一晚。

“先生，一个人只有一辈子好活。我必须有所爱，也有所恨呀！我爱中国文明，恨那倚势凌人的——先生，亚洲真要沦落到这种人手里，亚洲就变成野蛮了。”

这次旅行，大大小小我看了不下二十种民族。中国好人有的是，但在热情上，却远赶不上许多别的民族。车经东缅鲜族高原时，田埂上的男女都向我们扬巾招手。他们称汉人作“德娄”，称自己是“鲜德娄”。

量与质的对照

土壤尽管是肥沃的，耕耘可还无法偷懒。今日，正义虽握在我们手里，忠厚民族虽在我们后方的紧邻，然而可怕的传统的惰性，也运行在我们的血管里呵！

全缅，我们有近三十万人口（仰光全市十四万人口，华侨即占十万），而日本人仅有五百。这无声的五百，却像蚕蛀、像老鼠，在这片一向“友华”的土地上挖了不少可怕的窟窿。用哄骗、恫吓、煽动，企图牵制英人，并堵塞我大堪察加的出路。

旅缅侨胞中，以闽籍最多，约占百分之四十，多营出入口业；粤人占百分之二十，多做工匠；滇籍侨胞也占百分之十，聚居上缅甸，经营黄丝、宝石生意。

余二十名散居各地。由于省籍的不同，侨胞无形中分起“帮”来。帮以外又有“姓”的畛域。如李姓属“陇西堂”，郭姓属“汾阳堂”，姓张的结成“清河堂”，以示在海外仍不忘遥远的祖先。宗族观念甚而发展到交通器具上了，仰光很多华侨汽车上还悬了“张”“李”等姓牌。结果三十万人数目大，而声势却颇可怜。

那五百人做的却都是卑微的营生：开照相馆，镶金牙，药房，弹子间，甚而廉价的小客店，但莫轻视那些敏锐的耳目呵，每个旅缅的日本人都是一个特务岗位，指挥者便是驻仰光的日本使馆。

魔术师的布置

向一个心地质朴简单的人讨友情实不困难。今年年初，日轮由东洋运来一批咸鱼，半卖半送地倾销全缅。这份薄礼便已赢到不少悦意，但这交情已套了将近十年。在一个连议院内阁都可以为军人御用的国家里，僧侣（甚至神父）当然是指挥自如的了。戒杀的释教被刽子手认为是联络缅人感情的一个方便媒介，于是，“日缅佛教协会”成立了，一批戴了素珠，见人就合十顶礼的狐仙载到缅甸，且深入这佛国民间的各阶层。这个善会与“日缅协会”同负有建立全缅亲日阵线的使命。凭借充足的经费，他们笼络缅甸上层有力分子如现任官吏、国会议员、报馆主笔，而僧侣在缅甸政治上也是一个不可轻视的阶级。所以日人屡趁太平洋佛教协会等机会，招待上层缅人免费游日，并奖励缅甸青年留学东瀛，鼓吹日缅合作。上月十二日，又借仰光市政厅开日货展览会，陈列得真是琳琅满目。这还只是场面的工作，其使命不外借民族的挑拨，造成缅甸亲日反英的形势，同时阻挠我们仰光的海运。

暗功夫更是这阴险国家的特长。首先，是间谍网的撒布。全缅大城如仰光、冒苗（Meymeo）、茂勒棉（Moulemein）、八莫（Bohms），都有秘密机关（八莫电报局及轮船公司货舱竟有日籍职员数名）！上缅甸以曼德里（Mandalay）为中心，下缅甸以铜鼓（Tungoo）为中心。在仰光，他们并收买茶役（如最豪华的英商S-旅馆，今年起竟有日籍茶役接码头），以侦察我政府人员的往来行踪，更潜行调查仰光海关及八莫轮船的货单，用意自极明显。

截至现在，日本阴谋的收获还并不坏，全缅今日竟为这五百人闹得惴惴不安了。去年十二月缅人即大闹罢工（电车）罢课，今年五月浴佛节日，大光寺前麇集了数万群众，反对中缅交通关系。若干政党党员，为了迎合选民心理，也居然大倡排华，缅文报纸，如《太阳报》对中日战事当持为虎作伥论调，另外又利用我侨胞中之败类分子，做谍查工作，并从事破坏我海外救亡组织。此后，近处说，俟滇缅路客货运输畅通后，日必更派奸匪扰我后方，做直接的破坏。远处说，人类大规模的残杀一旦开始，既有“和尚内应”，他们或将主使暹人犯滇缅边境，其扰乱远东微妙的一角，而波及全亚安全的危险性殊不可低估。

“国际宣传”效果的测验

在东缅一小城镇，我遇见一个缅甸青年，是个中学毕业生，讲很流利的英语。谈及滇缅路的修筑，他一点也不了然。此后我货物由仰光出口，对缅甸的繁荣将有怎样伟大的贡献，他说，报纸解释“华人筑路志存移民，并同化缅甸”。他并还稍带愤慨地说，中国货运路经缅甸，无异为缅人招炸弹。但当我问他“谁的炸弹”时，他又答不出，因为他刚说完日本对缅甸如何亲善呀。

“亚洲人只有日本人善掷炸弹。你不晓得重庆前天炸死平民近一万吗？”他黯然无语了。摸了摸脑瓜上的粉红头巾，似乎想探试一下日本人对“朋友”的缅甸人究竟留不留情。谈到争取独立，我告诉他没有比今日的中国人再能同情这举动的了，因为那正是我们浴血拼命的唯一动机。但我问他：

“你相信一个侵略了朝鲜、台湾，如今又在用大炮飞机侵夺中国人已经残缺的自由的一个民族，会对缅甸仁慈吗？”

他怔忡地想了一阵。但一个缅甸人同印度人最大的分别是一个根本懒得想，一个想得太远。他推说问题太复杂，遮过去了。讲到中日战争，我即刻明白眼前这个乃是同盟社的一个忠实读者。

写至此，我们该埋怨缅甸人吗？那又是“阿Q”显圣了。我们该恨自己。华侨漫无组织，想成立中缅协会苦无款项——究竟还是没有“心”呢？我们怪缅甸人观念错误，然而我们从没有把更真切的事实传达给他们。国内宣传盘桓于都市，国外不出华人圈子。享用着人家的便利，却连“劳驾”都不肯道。甚而前五天记者在滇越车上，还看见我们的高等难民正心怀敌意地鄙视欺凌同车越人。什么时候我们才能彻底清除那点天朝的优越感呢？什么时候才识点时务呢？

一颗质朴的心是不难争取的，但我们自己须先具备一颗呵！

原载一九三九年六月十五日至十六日香港《大公报》

记坐船犯罪

我上船那天，华沙城已二度被炸。离港第二天，贴在吸烟室外的无线电讯便报告了英、法对德宣战。这消息令许多同船的人震惊了，对我，那可是意料中事。我照常扶着船舷，贪恋地望着蔚蓝的中国海。我时常用笔写“忧郁”这两个蹊跷难写的字，到今日我才舐到它的核仁，因为我是整个浸在它里面了。那染缸般的波涛，幻变地闪着银色的赭红的光泽，不染这只雪白大船，它单单染一颗游子的心。看哪，每一寸祖国的水领域都由我视野移上了，船过东京湾，笔直向西贡航去。

吃茶的时候，谣诼开始飞蛾般满屋扑扇起来。有的说在西贡至少停十天半月，把船武装起来再走；有的说要把我们载到新加坡，由公司代我们换中立国船西行。但这些推测全比公司的措施仁慈多了。因为当天的午饭，那个对中国客人蛮横无理的茶房用法腔的英语向各桌说：“明天，完事了，九点，全下船。记住！”最初我还以为他在开玩笑。后来证明倒是我用想象同自己开玩笑了。那船改为军用运输。

很自然地，恐怖和愁虑成为急性的流行症。船上共有中国客人四十二人。四等里有二十四位南美华侨，要去马赛的；三等有十五个人去新加坡，有两个去马赛的，我便是其中之一。头等有一个新加坡的锡商，这次是返新。这中间去新加坡的比去马赛的反而着急，因为他们将被丢弃在门边，而且每人全有急事在身。去马赛的，心里盘算至少公司得退票，或代换船。在那焦急的新埠客人中，最急的是住在我隔壁房间里一位年纪快六十岁的缠足妇人。她连哭带泣地告诉我，她有八个儿子五个女儿，这回是她第一次单身出门。

这时，船已驶入西贡的内河，那出名的九十九湾。两岸是一望无际的矮小灌木，山脚下还有悠闲的游泳棚。三四小时以后，船才泊在西贡的港口。

事后想起那份镇静真是近于可笑了。“最后的晚餐”后，我们照样穿上新浆洗的衣服，领到公司发的“登岸证”大大方方地上岸了，算计着明早公司必照一般办法，派人把我们行李运下，由穿制服的职员导我们进一家指定的旅馆，听候下文。在时间上，我们虽受到损失，但可以多看一个地方。

这样自慰着，我们在一个马来人开的钱铺换了钱（港币五元换了三元半越币），便上了去堤岸的电车。在车上碰着两个汕头孩子，凭他们的指引，我居然找到了两位熟人，有一位还是阔别了十年的。我们一直谈到很晚才回船。

船僵卧在码头上，装在它肚里的人们却还骚动着。头等客这时正在走廊乘凉。一个贵妇人在甲板上逗着她的狼狗。那动物跳上跳下，影子投在码头上宛如滦州戏。饭厅门口却凑了一堆愁苦的脸，那是中国籍的茶房。一个头目说在这公司已经混了十四年，然而那没关系，明早九点前，他们也得走了。那是说，就得开始落魄了。

在静止的船上睡了一夜，一睁眼，早饭的铃又摇了。

呵，这真是世界上最诡秘的戏弄！一个犯人如果吃到最后一餐，他还知道躺在他眼前的厄运呀，然而我们什么也不知道。我们悠闲地吃了早餐。只是在出饭厅时，那个还巴望小费的茶房才说："快呀，快去头等吸烟室！"

——大约是登记人名，分配旅馆吧？我们想。

吸烟室里这时叉腰站着几个便装的彪形大汉，穿制服的是安南人，都是陌生的面孔。把门那个人，见到中国客人进来，便粗鲁地抓住了肩头，给排在行列里。人还没到齐，一个身量矮小，灰头发的白种人由口袋里扯出一叠纸来。顿时，长条的脸上那对暴戾的眼睛向我们扫了一遍，便用谁也听不懂的口音点起名来。这难怪他，一般客人的姓名是照英文拼的，然而他是法国人。这原是两不怪的，但他每点一个名，如不立时有人答应，他的眼里就冒起火来。我们很奇怪的是三等原也有两个日本人，二等有五个印度人，另外挪威、瑞士、波兰、荷兰、美国人自也有，但是这行列里排着的却没有他们。

名点完后，那个矮子向身边一个彪形大汉咕哝了几句，另一个安南人便用粤语告诉我们："去，搬你们的行李，每个人在码头等！”

这时，一个性急的南洋客向那矮子说：“我们的护照呢？”那矮子过来便向他腿部踢了一脚。我们哗然了。但那个安南人马上过来推我们走，还似很贴己地告诉我们说：这是港口警察署长。

“天哪，我有九件行李，我怎么搬！”那老太太在过道直跺脚。幸而脚行来了，算是省了我们的肩膀。

护照大约在码头上发吧！我们猜。这时别国籍的客人都已领到了。待行李搬完，我们登岸了。

我先得说明，那个天梯是Y字形的。走到那个分岔处，一个“非中国籍”的人随行李向码头走。那位贵妇，牵着她的狼狗，一个个由我们头上走过。有的立刻上了汽车，有的和人力车夫讲起价钱。那分水线不是画在“白种”与“有色人种”之间，而是画在“中国人”与其他高等动物中间。

一个“俘虏”有一件用纸包着的东西，他远远看到它散开了，想过去理理。即刻他胸上挨了一巴掌。

这时，我那个十年阔别的朋友王渊兄同《越南日报》的王社长逸鹤来接我了。他们热情地伸手给我握，这手即刻为那忠于职守的水警截回。

处在这不可想象的局势中，我能让接我的朋友一直站在那里苦着脸望我摇头吗？然而我又能放他们走吗？他说可以想法保。我说，救我没用，我们是四十二个。我请他拿昨晚递他的那片子去拜访驻西贡领事卓还来兄，恰巧我们是同学。

热心的朋友走了后，雨落了。这时那老妇人淋得在我身旁打战。那个纸包的主人也不住嘴地抱怨。头等那位矿商还说“早知我用英国护照了”。另一个客人问：去新加坡你干嘛坐法国船呀？他说：想看看这个地方啊。

还好，那个水警受上峰授意，居然向前赶我们了，恰赶到对面一个篷架下。在那里，我们第二次被点名。

还以为可以暂时避雨呢，但接着便开始了我一生永难忘怀的游行示众。四十二个人，这数目走起来也够浩荡了吧，何况前后左右还有骑车的警卫保护？使得许多好奇的越人竟冒雨追在后面，看这究竟是一宗什么案子。

除了那缠足的老太婆，我们中间还有三个软足病患者。他们每走两步便无助地问：“快到了吗？”那老太婆还被丢下好远，劳一名巡警专门去陪这唯一的女性“俘虏”。

大约有半小时的光景，我们走到了一个叫作“移民海关”的地方。那是一座好像仓廪般的高大黑洞的房子。南北各有一座好像监狱般的铁索门。把门的是两个马来人，细长如榎槁，戴着土耳其式的红毡帽。胡子似染了般的赤红，穿的是阎罗殿里马童的装束：水绿褂子，青坎肩，总之是我们在痛苦中也忍不住发笑的样子。

当我们走近时，那押解的水警还“一、二、三”地数了一遍，生怕途中跑掉一个。

大房子里面有安南人，也有的脸孔像中国人……

我们这时是死心于“旅馆”了，但还不了然此后的命运。不知趣的，还嚷着：“行李一定湿透了！”悲观的可又担心：“会不会给枪毙？”倒还是那位头等客实际。他手里还有一包水果，他慷慨地打开嚷着：“吃吧，大家吃吧！发愁没用。”

白矮子果然走过来。他嘴角叼着一“颗”快烧着小胡子的雪茄蒂，眼睛把我们扫了一扫，便对身边的中国人吩咐两句（这时我知道他们是中国人了，说的是广东话）。他便又走开了。

那中国人嚷：“排队，排队！”于是，我们靠墙排了起来。这时知道他是广东同胞，有人胆壮了，向他要求把码头上的行李运来。这人还好，居然经几次敦促，他跑到白矮子那里请示去了，而且得到了允可。

队排好，我们被带到另一道栏杆。那个法国人很认真地摊开名单，按名计数。最后，大约是数目已相符了，又命我们仍站回去。原来叫我们走出来是为他数着爽手。

这以后，就开始了搜查。裤子倒没有脱，但所有口袋全翻光了，每人带的钱都少到不足登记。

忽然，铁索门开了。两辆马车进来了，我们沐浴了两小时的行李由我们眼前走过了。大家还伸了脖颈辨认自己的行李呢，那个中国人可来驱逐我们了。一个马来黑子把我们带出门来，登时铁索门就关上了，而且，锁上了。

“行李呢？”有人问，但我们又开始了雨中的旅行。

那马来黑子倒好说话些。走到一个棚子下，他自己也怕雨，他停脚了。我们乐得也站住，直到一声厉喝，我们又踏着草地走。

黑子刚在洋灰石台上交代“四十一男和一女”时，一个天使由门外飞进了。我猜想他一定是天使，因为那人点过数目后，没带我们入营，却走出大门了。

四十二个实在塞不下了，于是决定分两批运。那个押解人，等我们全上去后，很小心地把黑囚车的门关好。原来他便是司机，待他坐稳后，车便动了。

我们又重新驶过那片可厌的土地。那条泥泞的街是我们刚走过的，我们好像还能辨出刚才的脚印。我们的西伯利亚啊！如今我们又被载向一个不可知的地方。如果旅行的乐趣就在于此秒不知下一秒钟将发生什么新奇时，那么一九三九年九月五日这可诅咒的一天，我们在西贡是饱尝了这个新奇。由那囚车的窗眼，我巴望这街道。外首是货舱和码头，里首是一条住宅和铺户杂陈的街道。然后，又经过我们登岸的那个地方。望到那只雪白的大船，收了我四十四镑答应载我到马赛的无仁无义的船，我不禁咬牙切齿了。

（这时，它忙着吐卸载来的货物。货还有舱，我们被它遗弃得好惨！）

容我缩短了说吧！车停在移民局门口了。一下车，我看到营救我的两位朋友。他们拍了我肩膀说：不要紧，卓领事即刻请领馆的洪（之珩）先生去办交涉了，由领馆担保，已答应马上可以释放。这消息使我们又挺起腰来。多谢朋友们的热心。

我们又排队、又点名、又受吆呼了。不过，这回在那法国人手里，我们看到了护照。一个个端详过后，发了个空白单子。

护照是收回去了，而每个人都像孩子般被一个安南人把右手捉去。还以为是上手铐呢，倒还好，安南人身边是一个油墨盘。五个手指就如五粒铅字，被涂满了油墨。为了那船不开了，我们四十二个华籍搭客却足足为西贡警察局收了二百一十粒指印。天哪，这理去哪里讲?

“打双手还是单手?”朋友担心地问我，因为他留的是十指呢!

六年后，在德国参观了纳粹的集中营后，我时常暗自比较西贡的集中营。当时是庆幸总督有电话，临时给我们放了。但今日回忆起来，如果真被禁上几天，在那臭浊的木板长屋里住一下，我对殖民地的认识必更深一些。一九四五年春赴旧金山途中同法共党《人道报》记者谈“安南问题”，他说法国应保留安南，以便建立真正社会主义的安南。我从来没那么突然大笑过。

总之，我们的囚车到达了集中营却没进去。

我们住在一家小旅馆里，从此开始了“自由的”狼狈的日子。钱在箱子里，衬衫在箱子里，什么都在箱子里。然而中国人是这样可疑，打了手印，还不足为信，还不能领到自己的箱子。

这以后，我们开始了新的“斗争”！请别笑我用这两个不和谐的字。像四十二只落水鸡，我们只是在那多毛的手掌里扑张翅膀而已。

两天工夫，我们想用“移民者”那份忍辱功夫去争取我们最低的权利，那是：行李、护照和船票。但我们完全失败了。如果能确知票款能否退还，即使退不到现款，那主意也好打了，但公司那个法国人是很会应付的。他不说不退，然而得回香港交涉。那是说，香港也还可往西贡身上推。而翻开该公司那本口口声声“概不负责”的章程，才明白票款连一文也退不到手。例外并非没有：头等两个美国人的票便退了，但中国人连“例内”的权利也无望染指啊！

为了要行李，我们在那可诅咒的铁索门前直挺挺站了两天，总是八点钟便去，挤在那汗臭的棚上。高兴也许每人发个一尺见长的木牌子，但到他关门时，那牌子却又收回去了。

四十二件汗水浸透了的衬衫，四十二双为雨浸透了的鞋，每晚滚在那木板床上，翻来翻去。连那老太婆都含着泪问我：“先生，凭什么不给我们行李呵？”健壮的则说着出气的话。

第二天，稍稍有点曙光了，那是铁索门里露出一张中国人的脸，他和我们讲价了。说是那天雇了马车，得还他钱。多少呢？十四块越币。

——行李不在身边，没这么多啊！

有人刚这么说，连那张脸也缩回去了。于是大家抱怨那声音。每个人把口袋抖光，一块的，半块的，甚而五个苏的，居然勉强凑足了十四块。由一位广东难友嚷：

“同乡，同乡，有了。请过来呵！”

那人很机警，不敢提钱。

还好，眷恋“乡谊”，同乡居然赏脸回来了。这犹大一丝不苟地数了那款子，样子看来好像还嫌它太零碎。他点点头，收下了，摆摆手说：

“到前面大门去！”于是我们眼前露了一道光明，热望地绕到前面。

刚走到那里，马来人便动手赶了。

“同乡，同乡！”有人在嚷，犹大居然走过来说：“谁叫你们跑这边来了？快回去！”

他拿了钱，站得远远地抽香烟，那十四块钱一点也不搅动他那颗黑心。我们却站到黄昏，每人白领了个木牌子。

“明早六点就来呵！”另外一个人过来打招呼了。

看出行李凭水鸡自己扑张是无望了。我这才又去麻烦领事馆。由之珩兄去找移民局找海关监督，结果，算是准我们拿一两件日用品，行李全部却须压到离境为止。

这里，一个可笑的矛盾发生了。他告诉我们出境时每人至多准带五十元越币，超此便予以扣留。然而去马赛的各人身上带的当然多于这些。且是放在被扣的箱子里。等我们去办补行登记的手续时，他摇头不允，找码头海关，移民局，最后到了海关监督。那黑头发家伙问我带多少钱。

“十五镑。”我老实告诉他。这钱是刚由箱子里拿出的。

“你只能带三镑出境。”这是他的分配。

我走出门来。仰头，黄色楼顶上正飘着三色旗，它们象征什么呢？我记不清了。我低头走回旅馆。

最可笑莫如扣下的护照。到离境时，警察局推移民局，移民局又往警察局推，真好像那费九牛二虎弄来的护照已没踪迹了。最后我看那个灰头发的躁性署长又要抬腿了，我不能不又去麻烦领事馆。这是九月八日的下午。之珩兄偕我找到了那个火气旺的署长。他承认护照在他那里，要我次早八点去。

“一个人来！听见没有？”那意思是看见一个中国人就已嫌太多了。九日早晨，我七点三刻便到了那个“码头警署”门口。我是握了二十难友的命运的（这时，有二十四个去马赛的侨胞是宁不退票也不愿再坐这个公司的船了，径自返港）。如果我晚到五分钟，他很可以借此取消我们的护照的，那样，恐将在这片公义的土地上当苦力了，像电影中的南非洲一样。

表刚好差一分八点，我走进了警署。我问，没人睬我。我对一位办事员说，是昨天署长约好的时间。正说着，他说署长在门口了。

我看了那位署长。我向那对怒视着的眼睛鞠了躬，温和地说：

“Monsienr 昨天你要我八点来，一个人来。我来了。船票和指纹全在这里。我可以领那二十张护照吗？”

署长茫然不知。

我问那安南人护照的事。“署长说没有。”他也觉得难为情吧！因为昨天署长约我来时，他也在场的。

先去移民局，说是护照确已送过去了。在那里，由九点我们等到十一点。我觉得不好意思再要洪先生等了。西贡领馆负南圻几万侨胞的一切责任，而连卓领事计有四位职员，我太自私了。后幸经之珩兄给我介绍署里另一法人。这是个好人，他答应替我说。

新的船明早便开了。整个上午我坐在那长椅上，我看见许多同船而不同命运的旅伴。他们拿护照来，五分钟登记一下，便算完事了。临走，还对我笑说：“西贡地方太美了。”我生气，但我能怪他吗？直等到十二点半，护照才弄到手。

第二天，我们在洪先生的“护送”下，又登船了。我们又重获了我们的行李，是那白矮子亲自押运来的。在船票上，我们还得重新签字，说如果路上什么时候船再有遗弃我们的必要时，就照样遗弃，公司概不负责。自然，摆布的权利我们在最初买票那天便奉送给公司了。“时间还早，你不再玩玩西贡吗？”之珩兄故意笑问我。

我说西贡这片土地，在我没有充分自由的把握时，永不再沾它了。他一直等打了锣，才敢下船。那七天日子，我们的命运比蛛丝还要纤细。他也不愿“功亏一篑”。

您可莫逼问我坐的是什么公司、什么国的船。这个您猜好了，我还愿意顺利地到马赛。我可以说的，我本订的是意大利船。但朋友说，怎么还照顾法西斯呢？于是，我换了一个“德谟克拉西”的。亲爱的读者，什么阵线呵，当我们不能强起来时，谁能阻止船上用 Chinois 这个字来咒骂呵！

是呵，“非常时期”，但在新加坡上来一个新由牛津毕业的印度青年。他坐意轮 Conte Biancamano 返印，在船快靠孟买时德国对波兰动了手。船公司因不知意是参战还是中立，船改驶了荷属东印度。后来意中立政策决定后，原轮把他送到了新加坡，付了他十二镑旅馆及返印的用费。

请恕我这样啰唆而不愉快吧，我相信阿拉伯的繁星，红海的落日，将洗掉我的憎恶的。

一九三九年九月二十九日于苏黎士

一九四六年十月于上海重订

原载一九三九年十一月十三日至十五日香港《大公报》，收入《人生采访》，上海文化生活出版社一九四七年四月版

胡子的命运

新加坡的中国酒楼排场真大，客人举箸时，旁边丝竹齐奏，一位艳装女伶已在唱起缠绵的粤剧了。船上过得那么紧张，这升平点缀，几乎离奇得不可信！正唱着，哗啦一声，大风把墙上的镜框吹掉了，登时满座惊慌起来。在战争中，人们的胆子变得更小，但也更耽于享乐了。

可是回到船上，站在天桥看“华工”们装木材，那是动人的。粗大的手臂，专注的神色，在货舱里跳来跳去。到快天黑，货舱才装半满。由口袋里掏出来一份晚餐：绿叶包裹着米粉。抗战以来，几百几千万元侨胞捐款就是这么挣来的啊！走到哪里，图画永远是这么两幅！印度洋上是一段又长又苦的日子。那为黄种人准备的一列桌子，这时已空得净光，只剩下自己在那里嚼硬面包。好容易结识了一个印度青年，刚由牛津毕业的。谈了半天尼赫鲁、甘地和他返印的抱负。印度真是哲学之邦，什么事他都很有条理地争辩，半夜三点前他从不离开甲板，对着星斗，他唱他的乡曲，动人的声调！但快到科伦坡时，他激动起来：“有陆地了，看！”他又拍手又跳，“离开四年的母亲的土地啊！”但是这土地转眼就消失了——天边一道黑云把它遮住。

还有那个“没有国家”的不幸者呢，他是华盛顿白宫所不承认的一个美国公民。父亲是上海滩上的一个浪荡汉，正牌花旗人。这个手臂上雀斑特多的孩子，是他和一个白俄舞女结合的纪念品。如今两个全死了，这个没国籍的儿子，往白宫上了多少呈文，白宫摇头。这回欧洲打仗，他算计法国必定缺人，他要去冒险当雇佣军：“不图别的，我并不喜欢法国，”他告诉我，“但是，我必须有一张正式的护照，一个确定的国籍呀。”七天的航行，靠个码头谁不高兴上岸上走走—— 即使仅仅踏踏不晕人的陆地也好。但每个港口的警察都向他翻白眼，真像没国籍便不是人，还是我替他买的香烟！那在东北传教二十年的比利时神父告诉我许多“满洲国”的“德政”，怎样鞭打、残杀，气都不准出。老头子说：“好哇，你还笑嘻嘻的，究竟是从自由中国来的，你的弟兄们已经八年没笑过了。”

走过阿拉伯海，走过西奈山，回想当年以色列民族流徙的苦况。一个民族沦亡了，即使是“选民”，上帝也不能伸手拯救的。几千年来，这无辜的民族便在地球上被别人踢着、赶着，给看成人类的累赘。

没有国家，便没有了存在，这才是真理，得守着它！然而，在我们这片幸运的土地上，竟有把这份存在双手奉送给主子的呢！天哪，他吃什么长大的？

一个法国神父要我猜他的年纪，我真猜不出：一张稚气的脸，玉蜀黍样的长须，茂盛地由他颊部蓬起，直垂到胸脯。白色的道袍，黑腰带上佩着庄严的十字架。这年纪才二十八岁的神父，非常珍爱他这一副胡子，让红海的风吹它，让地中海的太阳晒它。到夜晚，他述说种种奇迹，劝我皈依天主。快到马赛时，要我替他这胡子照张相，为什么呢？一上岸，这副自幼留的、精心修剪的胡子，便将与他永别了。他是个一九三七级的骑兵上士呢！剃掉它，马上便拿起枪杆来了。

“这不和你的信仰冲突吗？至少它犯了十戒之一。”

他奇怪我的质问。上帝是疾恶如仇的，他说。一个信仰上帝的人，应该比一个普通兵士更勇敢向前，上帝并没有要他屈服在恶霸的淫威之下，“有法兰西，方有世界。”

说着，他可又带着依恋之情捋起那副胡子了。然而对于杀敌，他是那么迫不及待。

我总在怀疑，宗教，传给东方的和他们自己信的，是两码事。到了民族存亡时刻，神父也还是脱下道袍，剪掉胡子，奔赴战场的。制服希特勒靠神力是不中用的，还得靠人力。

一九三九年十一月十四日于剑桥

原载一九三九年十二月二日香港《大公报》

驰骋西线

我离开恬静的剑桥，重操记者旧业的一九四三年六月，正逢上盟军在诺曼底登陆，西线大举反攻。这时，希特勒从库里拿出两大秘密武器，想毁灭英伦三岛，伦敦当然首当其冲。Ⅵ（火箭）的威胁还不大。据说是从挪威山里射到天空几十英里才落下来的，西南郊落下过几颗，方圆若干英里内遭到破坏，但没落到市区，可见准确度是有限的。从法国西岸发射的Ⅶ（导弹……当时叫无人驾驶飞机），破坏力就大多了。大概造价较低，所以数以千计，而且密集。由于无人驾驶，不存在空战的心理因素，所以就日夜不停地袭来。无论是对民众士气的威胁抑或实际的破坏，都比闪电战时的大轰炸更为严重。这种死亡使者成群结队呜呜呜地从东边飞入市区。行人常在街头伫立瞭望。它只要一打转，就笔直落下。接着是轰隆一声。楼塌了，桥断

仲夏夜的噩夢
倫敦—血紅的九月
（二）
蕭乾
滇又一慘案
日機襲川
窺滇不逞

萧乾的这篇文章写于一九四〇年九月二十三日（原载香港《大公报》一九四〇年十月）

了，周围的居民血肉横飞。就在这种威胁下，我在市中心的舰队街，为《大公报》开设了办事处。

入世以来，我教过书，当过记者，可从来也没独当一面主持过什么办事处——何况又远在海外。开头我真有些发愁。经营管理对我是个崭新的课题。同时，我也担心办事处成立后，我会给事务拴住，不再能自由跑动；又怕走开了，万一出了事故（例如办事员携款潜逃）可怎么好？要是重庆《大公报》派人来搞办事处，我情愿只当个记者。但这是不可能的。

在我的交往中，有一位凯·莫尔非女士。她来自澳大利亚悉尼，当时任灵格风（语言教学唱片）公司经理。她和歌唱家聂尔逊·依灵沃茨在泰晤士河畔一个小镇斯泰因同居，我常去他们家度周末。于是，我就向她道出自己的苦衷。她说，用不着犯愁。在伦敦，什么事都可以找到代理人。

我就通过代理人，在舰队街《曼彻斯特卫报》的楼里找到一套五间的办公室，又通过代理人物色了五位助手：高尔太太总管，另外四位分头负责打字、剪报和经营广告。不上十天，班子就搭起来了。

感谢那几位助手，特别是高尔太太，两年间我并没给办事处拴住。她们把事务一股脑儿从我肩上接了过来。不论我在大西洋彼岸闯荡还是驰骋欧陆，办事处始终顺利地运转着。

办事处的首要工作当然是向重庆拍发电报和邮寄通讯。每天上午，我出去采访，下午，当日有关的剪报就都摆在我桌上了。四点左右，高尔太太就踅进来：我口授，她速记。底下拍发电报的事我就不用管了。

此外，办事处还开展了广告业务。我们又辟了一间阅报室，让留英的同胞们可以来看看《大公报》。这是在伦敦唯一可以读到重庆报纸的地方，经常吸引着留英同学以及海员。

广告靠的是拿一定回扣的代理商。原来递增的所得税当时使得英国企业赚到一定数目之后，再赚就几乎全得交税了；花在广告上，税局则可以豁免。另外，当时英国工商界把战后的中国市场估计得很高。这样，代理商除保证的英寸数外，每月还能超额完成任务。两年间，办事处经手的广告收入十分可观。除了自身开销，还为《大公报》买了几辆奥斯汀小汽车和一套彩色印刷机。回国后，老板夸我“能干”。其实，倘若没有秘书，没有代理商，没有那套资本主义经营制度，我匹马单枪，又能做什么呢？

为了取得战地记者的资格，我得先向英国新闻部（MOI）写申请，并把重庆《大公报》的证明书附上。由于我一九三九年抵英后，一直在兼着驻英记者的职务，他们曾审阅过我大量的通讯，所以证件一下子就领到了。是个小本本，一面贴着我的照片，写着所属的报社，另一面写着：

此人如被俘，应按照国际联盟规定，享受少校级待遇。

看了这个“优待”条款之后，我心目中立即浮现出一种不祥的景象：自己夹了个饭碗在铁蒺藜后面生活，不禁打了个冷战。

战时英国的衣服配给严得很，也少得可怜。这下子我拿到了一叠能买四季军装的配给证。于是到指定的店里去置办。真阔气呀，虽然统统是暗土绿色的，但既有单的，又有呢的，还有件军大氅。军衣裤上有个老大的口袋。我小声问店员它的用途。他一面打量着我，一面说：“长官，是为装地图用的。”我从他那声“长官”，感到一种讽刺，我连这点常识也不具备！

我好奇地跑到穿衣镜前一照，果然比穿平民衣装神气多了。头戴软帽，肩章上还用金丝线绣着“中国战地记者”字样。我又用配给券买了一双马靴，橐橐橐走起来，简直像个将军了！我记起一九三〇年在辅仁大学读书时上的军训。在北平西郊举行的一次野战演习中，总教官莫名其妙地宣布我们被女师大打败了。

一九四四年穿上“战场记者”服，摄于赴欧陆之前

可惜由于新靴底太滑，刚出店门还没下台阶，就跌了一跤。

我一边掸着军服上的土，一边诅咒着自己：天生不是当将军的材料。

接着，又去英格兰银行兑换了法、比、德货币。走在街上，坐在公共汽车里，我感到仿佛人们看了肩章对我都报以崇敬的眼色。我自己也好像换了个人。行为学派心理学家说，只要常咧嘴做笑状，心情就会快乐。是不是穿上了军衣，人就会变得英武起来？

照通知，我被指定随美军第七军开往前方。动身的头晚，我还写了一份遗嘱。实在记不起内容了。我孑然一身，无牵无挂，也没有什么可供人继承的。可能只不过请执行人通知一下国内的好友，代我告个别吧。

我准时来到维多利亚车站，进了战前专开往法国的第十四站台。在辅仁（一九三〇～一九三二）和燕京（一九三三～一九三五）一直与我同窗的老友陈纮早已等在那里了。看到我那身军官装束，土绿色呢大氅和哔叽制服，以及脚上的高筒靴子，他就拍拍我的肩膀，笑说："这回你可当上官儿啦。"

这是一列军用专车。校级乘头等，车厢里宽松得很。整八点，拉了汽笛，列车移动了。我就算是踏上了征途。我平生没从过军，更没上过前线，心里自是感到激动。车窗外的景物都十分可人。顶使我兴奋的，还是那不可知的未来。当晚睡在哪儿，三天后又将奔驰在哪儿。我脑子里浮现种种图影：忽而翱翔在柏林上空，忽而又在战壕里钻来钻去，像是在同敌人玩着捉迷藏。

十一点，火车到达纽黑文港。这是同法国迪埃普遥遥相对的英国港口。从车站可以望到停泊在港口的轮船。可是一位大嗓门的高个儿中尉在站台上嚷着：“海峡里纳粹潜艇特别活跃。今天不能渡海，什么时候能过去，等通知。现在先军官靠左，士兵靠右，到候车室集中。行李有人照料。”

这可有点丧气。只好跟同行的军官搭大轿车到附近营盘去过夜，一待就是五天。这期间，海峡正进行着一场战斗：英国内海舰队在包围几艘德国潜水艇。

五天来，我就同十几名军官厮混。那一带是英国有名的消暑胜地。这时，由于战争，旅馆大门上了锁，海滨浴池无人管理，长满了乱草。原来开战前，这些军官都各有行当。弗兰克是保险公司的襄理，汤姆是书店老板，彼得是伯明翰大学的讲师。另外还有两个美国红十字会的女干事，她们是去比利时的。

我们天天问中尉什么时候能过海峡。第四天吃晚饭时，他说，次晨有一条空军营救艇过海峡，可以带上二十五人。是个小汽艇，上头没有篷子，所以只准男的报名。

我抢先报了名。第二天黎明，一辆大轿车就把我们二十五人又载回纽黑文，上了那艘营救艇。时值严冬，寒风凛冽。我找了个角落坐下，后来才知道，紧靠着我的是一颗反潜艇炸弹。开船之前，那位年轻船长通过扩音器告诫我们：海峡里还漂浮着不少敌人丢下的水雷。希望大家都帮助留意，看到水面上有什么异物，随时报告。

于是，我们这条勇敢的小艇就起了碇，离开了安全的英国海岸，驶向险峻的海峡。北海吹过来的劲风，到这里就成了狂飙。一位瑞典记者掏出他的食物配给券给我看，指头稍一松动，就给刮跑了。

突然间，扩音器响了。船长警告说："大家留意，前边海面上出现了一个东西。"

我趴着船栏朝前望，水面果然漂浮着一个黑乎乎的玩意儿，船长在通过望远镜逼视着它。船员们也赶忙松开救生板的绳子。

船减速了，发动机也停了下来。小艇徐徐接近水面上那道黑影。救生板放了下来，由一名水手趋近它。是个浅绿色的塔形装置，上面还插着旗子。看来是个被风吹散了的海上航标。船长下令用高射机枪将它打沉。

这当儿，天空蓦地隆隆有声，出现了飞机。高射机枪手们各就各位，准备打一场海空战。那要么是友机，要么飞得太高，没看见海上我们这只小艇。它径直朝北飞去了。

终于进了法国西海岸的迪埃普港。这是个不祥的地方。一年前，加拿大的一个团试图夜袭这个港口，结果闹个几乎全军覆没。如今，港口海关大楼上飘扬着三色旗了。

上岸后，一个美军上尉向大家行了个军礼，说："欢迎你们来到迪埃普。在这儿负责的少校要我向诸位报告：这里没得吃，也没地方住，更没有车送你们去巴黎。祝大家一路顺风。”

放下行李，我就去市政府找那位美国“市长”交涉。沿途到处是衣衫褴褛的法国妇孺，一个个挎了个篮子在觅食。市场上，几个满脸皱纹的老妪在摆地摊卖花边。沦陷后，本地的法国壮丁大多被德国人拉去做苦工了。街上的男子都是些吃得又肥又壮的美国兵，嚼着口香糖，像王子般大摇大摆地走着。一簇瘦削的孩子们追在后边，用蹩脚的英语嚷着：“谢谢，巧克力！”

位于法国西岸，有三万多人口的迪埃普，也可算得上是个中等港埠了。这时，它就由那个三十来岁的美国少校掌管。他口衔雪茄烟，在椅子上跷起二郎腿，听我诉说急于赶赴前线的理由。我把第七军同意我随军采访的回电拿给他看。同时提醒他，成亿的中国读者都在等候我的报道。如今，第七军正从法国东部向德国挺进，第一个目标是打到莱茵河。能让广大中国读者不了解这一壮举吗？请他务必想个办法。

除了答应给我顿饭吃，他什么办法也拿不出。住处、交通，他都摊开双手，始终对我无可奈何地摇着头。最后还是我在饭桌同一位上校搭讪，知道他有辆卡车要开往巴黎。他同意把我捎上。

四个小时的卡车旅途，极目所见，都是战争破坏的遗迹。炸断的桥梁，化为废墟的村落。时而还可看到发射无人驾驶飞机的轻便铁道。

阔别五载的巴黎已面目皆非了。一九三九年路过时，她像一位愁容满面的贵妇人。如今，却沦为一个曾遭到歹徒霸占奸污过的大家闺秀：容貌憔悴，意态消沉。巍峨的凯旋门旁，小贩正用沙纳尔香水或尼龙丝袜交换着骆驼牌香烟。富丽堂皇的大歌剧院里，台上奏着爵士乐，包厢里的美国丘八叼着雪茄，把双脚搭在栏杆上。最骄傲自己本国语言的法国人，却在店铺橱窗上到处挂着大字招牌："我们说英语。"

据中立国的记者说，纳粹占领时期，这家旅馆就是专门接待记者的。在战时，"记者"倒不一定都是职业的。在这里，我见到美国评论家，《轴心古堡》的作者埃德蒙·威尔逊，他代表《纽约客》。大个子海明威，精力充沛的萨罗扬，《牲畜场》和《一九八四年》的作者乔治·奥维尔（他是英国广播公司派来的）是酒吧间的常客。这些文人，个个都穿上戎装。一天在饭店过道上，猛地听到有人大声喊我的名字。回头一看，是埃德加·斯诺。

在一群陌生人中间，遇到故人，自是格外亲热。

我们一道走进酒吧间，足足聊了一个下午。他是苏联准许在东线采访的六个美国记者之一。他跑遍了东欧。当我问起海伦的时候，他皱起眉头。我感到他们之间的婚姻已经出现了裂痕。他告诉我他曾用《红星照耀中国》的版税在康涅狄格买了一幢古老的房子。他十分怀念中国，认为只要不扼杀知识分子，中国最有希望。他特别怀念孙中山夫人宋庆龄，认为她以及鲁迅使他认识到真正的永恒的中国。那是关东军、戴笠或任何邪恶势力都征服不了的。

刚从纳粹手里解放出来的巴黎虽大有可看的，然而我得追我的第七军。这不是两军对峙，而是纳粹那边打得筋疲力尽，节节败退，盟军乘胜直追的时际。盟军指挥部的联络官告诉我，两天前第七军的司令部还设在南希，他估计这时说不定已经攻进德国境内了。于是，我就搭乘刚刚修复的巴黎至南希的夜车，朝法国东北部奔去。车上没有照明，卧铺硬邦邦。可是比起那些难民车来，总算舒服多了。至少能披上呢大氅，睡上一觉。

到南希后，才知道这里的司令部已变成后方指挥部了，部队在两天前就已开走，真是势如破竹啊。参谋长告诉我，敌人在萨尔地区还拼了一下，接着就朝莱茵河退去了。他要我快点追上去，也许还赶得上强渡莱茵河的战斗。然后，他摇了阵子电话，告诉我第七军昨夜已经攻进德境。负责接待记者的联络组（PRO）眼下还在法德交界的萨尔格门。只有追上联络组，我才算有了着落。

然而他也没有交通工具，要我自己去找。我就拎起背包，沿着他指的方向走去。还好，没走多远，我就搭上了一辆吉普，可在一个十字路口，他要向南拐，就说声“祝你好运道”，把我放了下来。

我走进村子，不见居民，到处都是残垣断壁。一条瘦狗在四处觅食。这时我才记起自己的肚子也是空空的。打仗时，军衣用处可大啦，它既是身份证——哨兵见了我还敬礼呢，又可以凭它来吃四方。我信步走进一座军营的厨房。戴雪白高帽的厨师什么也没问，就给了我两大片面包，并且抄起铁勺往上面舀了一大勺肉末。我喝了杯冷水，朝他摆摆手："到前线去啦。"他咧嘴朝我敬了个礼。

我尝到云游僧的自在了。

我沿着通往德国的马路大踏步走去，每听到马达声，就回头跷起大拇指。车一慢下来，我就扬声问："去萨尔格门？"问了几回，居然就碰上个十辆一组的车队，车上装满了炸桥用的黄色炸药，驾驶员清一色是黑人。我跳上驾驶室，坐在助手席上。他友善地朝我点了点头，嘴里继续嚼着口香糖，哼着什么小调。

运气不错，傍晚在萨尔格门找到了联络组。他们正等天明向德国进发呢。在饭厅，一个刚从前沿回来的军官眯着眼警告我说："莱茵河的酒管你喝个够，可就别碰那边的女人。初犯，士兵罚五十五美元，军官罚二百九十美元。再犯就交军事法庭了。"

天刚蒙蒙亮，我就精神抖擞地上了卡车。兴奋啊，过了桥便是德国了，第七军终于被我撵上了。我将加入反法西斯盟军的伟大行列。

战争多少带有赌博性。这个运载黄色炸药的车队只要一辆被炸，其他九辆也会同归于尽。可希特勒把他那点有限的资源全孤注一掷地耗在他那两件"秘密武器"上了。如今，他派不出飞机来阻挡我们进入他的国土了。我们就像开入无人之境。

宽阔平坦的希特勒公路两旁，忽而是一望无际的赭色丘陵，忽而是浓绿的松林。路上过的不是难民就是俘虏，个个身上都别着个表示投降的白布条。一座座村庄满目疮痍，田里，被击毁的坦克下面堆积着人和马的尸体。车队开进较为完整的霍姆贝格市时，只见家家都在门上悬起白旗。有些同边界那边沾亲带故的，还神气地挂起三色旗来。集中营里放出的囚犯，一律用粉笔在背上写下各自的国籍：希腊、比利时、波兰等等。他们虽然形容枯槁，但个个都泛着翻了身的骄傲笑容，庆幸能活到纳粹溃败下来的这一天。相形之下，德国居民则低头沉默，有的还瞪大了眼睛，流露出愤懑心情。是对攻进来的盟军呢，还是对把他们拖到这般地步的希特勒？

当晚，我们到达戈施苔。这时，第七军司令部已经又推进到沃尔姆斯了。一路上，卡车运的大多是浮桥材料。看来今夜也许就要抢渡莱茵河了。

第二天我们又开吉普前往曼海姆。这一带，由于纳粹部队已筋疲力尽，没怎么抵抗就逃之夭夭，所以破坏较少。路上只见工程队在拆除狼牙般的反坦克路障。拖着高射炮的卡车一列列地朝莱茵河开去。路旁时见扶老携幼的难民，成群结队，络绎不绝，他们寻找小树林做栖身之所。在折向我们驻扎的小村时，由坡上可以望见前边一片滚滚灰烟，那必然就是抢渡点。

原以为记者上前线，就得钻战壕，在枪林弹雨里出生入死，可这里比在飞弹攻击下的伦敦宁静多了，也安全多了。

我们驻扎在一家出版社，老板和职工自然早已跑光了。楼下堆满了纸张，藏书室的书架上排列着歌德、海涅、席勒诸大师的全集，统统是珍本。有人从办公室里还翻到这家老板的纳粹党证，发现一周前他还在交党费。他大概再也没料到，这么快战火就烧到自己家门来了。

莱茵酒是有名的，这个村子就有两口酒窖，成箱成箱地堆在地窨子里。上校联络官发话了："咱们开它两打。"于是，一个来自路易斯安那的美国记者坐在钢琴凳上就弹起小调来。我们一边喝，一边唱。午夜醒来才听到隆隆炮声。纳粹在莱茵河做最后的挣扎了。

同来的多是英、美及瑞士的大通讯社记者。我在考虑自己这个孤家寡人的采访计划。去抢战局的热门新闻我肯定抢不过他们。一个电传，他们的消息就能直接拍回总部，然后就传布到全世界了。我则只能先拍给伦敦，再由高尔太太转发到重庆。时间上我也处于绝对劣势。我决定不去傻拼。

当时，我设想远东大反攻时，中国军队可能也在日本本土登陆——当时，自然没料到美国会拿出原子弹，更没想到日本将由美军独家占领，中国只能坐在审判战犯的法庭上摆摆样子。我计划采访一下美军临时组成的军政府，就向联络官要了一辆吉普，他还派了一名上尉做向导。

我们在莱茵河畔四下驰骋，踏访了两座村镇：葡萄园荒芜了，被炸毁的坦克如硬壳虫般地在田地上东倒西歪，旁边躺着戴钢盔的尸骸。饥饿的军马和饥饿的人在山坡上徘徊。各村镇的党部是军政府搜索的第一个目标。有的头目逃走时，慌张得连假牙都没顾得上戴，还撂在抽屉里。

从这里往伦敦办事处发了几封关于军政府的电报。不知是高尔太太还是伦敦电报局把次序弄颠倒了，由于是来自前线的，重庆还是照登了，回伦敦后一看报，真令我啼笑皆非。

村里有个纳粹小头目。此人素喜吹牛，曾向村人夸说杀过三千多名犹太人。如今，村人为了讨好盟军，并洗清本村罪名，就把他告发出来。他遂以战犯罪被逮捕。可他贿通看守他的德国人，趁混乱之际，溜之大吉。一位伦敦画报的记者听说此人刚刚同那德国看守一道又被抓进拘留所了，就想利用这家伙来个噱头，逗他扬起右臂喊声“希特勒万岁”，好拍张新闻照片。由于我不搞摄影，业务上同他没有竞争，就悄悄邀我做他的助手。

于是，我们先走进一间堆满稻草的“战犯拘留所”，开始布置这幕谐剧。他一面摆桌椅，一面说：“一个杀过三千多名犹太人的战犯！这张照片到了伦敦管保轰动！”我问他：“要是那家伙只是瞎吹，连一个犹太人也没杀过呢？”他说：“管他呢！我拍的是新闻照片，又不是写战犯的判决书。”

都布置停当后，就请两个会德语的少校并排坐下，那位摄影记者准备好相机，试了试镁光灯泡。他一再嘱咐扮演审判官的少校要“逗他发凶，逗到他扬臂喊那么一声，就完事大吉了”。

犯人被带了进来。那是深夜，气氛紧张而恐怖。矮胖的纳粹小爬虫从一进门就浑身瑟瑟发抖。问他什么，他都先鞠一躬，然后矢口否认。摄影记者几次提醒“审判官”，得“激怒他”，可那家伙天生不是个英雄，他本来就是个草包，别说三千多个犹太人，也许三个也没杀过。他连声喊着：“饶命呀。”

审了将近一个小时，始终也没抓到一个可怕的“凶相”镜头。后来，索性问他：“纳粹见了纳粹，怎么敬礼法儿？”其实，他只消伸伸右臂，就可以勉强交卷。可那家伙不晓得这意图，只一个劲儿低头哈腰说：“当时整个德国，人人都那么敬礼呀！我诅咒希特勒，誓死再也不行那样的敬礼了，再也不敢啦。”

我们要他扮演的是个纳粹死硬分子，可他只肯扮演一个彻底悔过者。这么阴错阳差，这张新闻照片终于还是落了空。摄影记者一边收拾他那些照相器械，一边咒骂着：“真没骨头，希特勒白栽培他了。连敬个礼也不肯，他妈的！”

我们这一伙正要动身，跨过莱茵河去东岸采访时，司令部派人送来一封电报，要我火速赶回伦敦。

回伦敦之后，才知道旧金山将要开个联合国大会。

重庆报馆决定把我从莱茵前线抽回，要我马上赶到美国。电报里还说，老板胡霖也将以中国代表团一员的身份前往。

第一件事是赶办护照。一九三九年从香港来伦敦时，护照是由报馆给办的。去美国可费事多了，不但得亲自去办手续，而且还要填一大张表格，上面问的真是五花八门，不但问了“你是否无神论者？”还问“你是否有意颠覆美国政府？”“你是否存心破坏美国治安？”只要在那一连串侮蔑性的问题后边粗心地写上个“是”字，就非但去不成美国，就连在英国我也注定要蹲监狱。我小心翼翼地在每个问号后边都填上个大大的“不”字。最后，还得打手印。对我来说，这也是生平第一遭。我问：“是中指还是食指？是左手还是右手？”原来双手十指上全给涂满了油墨，然后使劲往申请表指定的位置一按。我一看，旁边一位波兰记者也在经历着同样的待遇。我心里可老大地不痛快。美国再伟大，也不必把盟国记者糟蹋到这步田地呀！倘若不是胡老板在电报里坚持要我去，我宁可放弃这次新大陆的访问。

不出三十六小时就办完护照，打好行李，到了西伦敦一个直通海港的秘密车站。在车上睡了一夜，天明方知到了英格兰的主要港口格拉斯哥。在这里，我随着英国及各盟国的记者，搭乘了“新希腊”号。参加这次护航的五十几条轮船在格拉斯哥港外的洋面会合。一出舱门，只见前后左右都是轮船。有单烟囱的，有双烟囱的；有燃煤的，有点油的；有货轮，也有兵船。真可以说是浩浩荡荡。当时纳粹空军虽然已消耗得没有招架之力了，大西洋上的纳粹潜艇却还很猖獗，所以我们周围有各式战舰护送。听说领队的是一艘美国船，它指挥着航速和方向。在海上得绕着弯走，通常四天半的航程，整整走了十一天。

除了我们记者团，这艘“新希腊”号还载着八百多名加拿大士兵在英国娶的妻子和生下的五百来个娃娃。也就是说，丈夫仍在西欧战场上厮拼，媳妇先前往加拿大去拜公婆了。这下子可保证了我们会有个热闹的航程。

看到这些活的洋娃娃，我倒是觉得东方的娃娃相比之下要单调多了。瞧，光是头发的颜色就数不清：有刚满月，偎在妈妈怀里吃奶的小红狮；也有甩着金黄辫子、腼腼腆腆的小公主；还有一头亚麻色鬈发、到处跳跳蹦蹦的小山羊。眼睛有碧蓝的、翠绿的、浅棕的，甲板上天天都在开着洋娃娃展览会。

由于是在卐字潜艇出没地带航行，人人都得注意船上各个角落那活像只大蜘蛛的扩音器。一旦有情况，都是由它来告警。开船后，扩音器每隔几分钟必叫喊一次。开头先唤起“大家注意”，接着不是妈妈找娃娃，就是替娃娃找妈妈。光是一个叫阿伦的淘气鬼，每天就得失踪五六次。“大家注意。一个叫阿伦的五岁半男孩，栗色眼珠，淡黄头发，身穿深灰色毛衣。他又丢失了。请见到的人把他送到指挥室来。”要不然就是：

“有人在前舱甲板上见到一个小妞儿在哭，她……”

我们这二十二名去美国采访联合国成立大会的记者不仅肤色各异，还代表着截然不同的政治观点。光是英国记者，就既有刚从莫斯科赶来的《泰晤士报》记者麦唐纳，又有工党外交记者福兰克·皮特坎。整个航行期间，他们和法共机关报《人道报》的记者一道愉快地下着棋。可只要一谈战后世界，就各有各的看法了。

大概是因为随时都可能遭到意外，为了让大家时刻处于戒备状态，轮船上规定不卖酒。对舰队街那些经常泡在酒吧间里的记者来说，这可是件忍受不了的事。就由记者团团长麦唐纳出面向船主交涉。公开卖酒毕竟不好办，决定由英国海军部派来陪我们的两位军官，每隔一天请大家喝上几杯威士忌或白兰地。消息传出后，同船前往旧金山参加会议的法、荷及挪威代表团有了怨言。于是这个优待只好扩大到记者圈以外了。

四月十二日是我们中间一位英国记者的生日。海军军官布置了个盛大晚会。酒的品种多，桌上还放着一块大蛋糕，上面点着四十六支蜡烛——为庆祝他的四十六岁诞辰。那晚海上风浪真不小，杯盘不时碰撞有声，人喝得半醉，就趁势更加摇摆起来。大家边碰杯边唱，正不知是漂在万重波涛还是直上九天之际，突然走进一位穿制服的大副。他先走到团长身边，咬了下耳朵。麦唐纳登时放下杯子，沉下脸来，说了声：“真的！”

大家也停下来，好奇地望着。

有人问：“是纳粹潜水艇来袭了吗？”

大副回答说：“比那更糟糕。”然后扬声宣告，“诸位先生，刚才领队舰上打来灯语：罗斯福总统去世了。”

“啊呀！”大家异口同声地叫了出来。

晚会就那样黯然结束了。蛋糕还完整地摆在那里，我们各自都垂着头，无精打采地回到舱里。

次晨，桅杆上悬起了半旗。

船队经过新斯科舍之后，那位海军军官告诉我们，现在可以说已摆脱敌军潜艇的威胁了。第二天，船队就驶进加拿大的哈利法克斯港。火车要五个小时以后才开。

五年来生活在物质匮乏的英伦，第一次来到这样一片乐土：头上没有嗡嗡的轰炸机，橱窗里挂着整只的肥鸡和品种繁多的香肠火腿。我们这二十几个饿鬼就钻进一家家餐馆。啊，菜单足有一尺长，不用交任何配给券就可以吃上一盘牛排。在我的印象中，它厚得像一块砖，而且味道比船上的好多了。

饱餐一顿之后，就去逛街。各式各样的衣料，堆积如山的金山桔、南美香蕉，还有菠萝、芒果。大家都把绅士架子丢到一边，在人行道上一面走一面吃，夸说加拿大得天独厚。

现在都兴坐飞机旅行了，我却十分怀念由哈利法克斯到旧金山那五天的旅行。我们乘的普鲁曼卧车，舒适而宽敞。沿途在魁北克、蒙特利尔、芝加哥和盐湖城分别停上一两个小时。火车添煤加水，我们则到处串街走巷。在加拿大，我还参观了一座专陈列中国乐器的博物馆，并看到用男女人皮制成的马头琴。在芝加哥，乘电梯上了座摩天大厦。在盐湖城，进了摩尔门教堂。火车旅行不但舒适安全，一路还能见见世面，增添点知识。坐飞机即便中途停一下，眼界也只限于那千篇一律的机场候机室。

一过芝加哥，就听说旧金山一周前就已成为禁区，去那里的车票只售给联合国成立大会的参加者。旧金山市本身更是全部面向这个空前规模的国际会议。市场街两旁到处飘扬着星条旗，店铺橱窗都贴有“欢迎与会各国代表”的标语。在旅馆下榻后，每天早晨都有免费报纸从门缝里塞进来。邮政局赠送每人一本贴了历任美国总统肖像的邮票簿，酿酒公司送来一篮篮的加利福尼亚葡萄酒。圣弗朗西斯广场上成千只鸽子事先都捕进笼子里。当地许多太太小姐自愿充当代表团的义务司机和向导。

旧金山的大旅馆一时成了各国代表团的住所。东道主美国代表团住凡尔蒙，法国和苏联代表团住圣弗朗西斯。中国和英国代表团住在对面的马可·哈布金斯，记者则一律住皇宫饭店。代表团下榻的旅馆门前，成天围着一些妇女，想瞻仰一下国际名人。有家报纸搞了个噱头：当以英俊闻名的英国外相艾登踱出旅馆时，一个妙龄女记者跑上前去说了句大概相当肉麻的话，艾登十分不好意思地微笑了一下。这情景立即被埋伏在一旁的记者收入镜头。第二天见报后，就成为桃色新闻了。

更可怕的是有些美国记者编造的访问记，内容不外乎大捧美国，大骂苏联。中国代表团中的董必武先生就这样被编造过。我是新闻系毕业的，教我的大多是美国密苏里来的，受的可以说是美国新闻教育。讲课时，他们着重谈了新闻道德，可在实际生活中，我亲眼看到的却大相径庭：为了增加版面趣味，有些人竟然什么道德也不讲。

后来我明白报馆调我去旧金山的用意了：我既是记者，又要当胡老板的助手。所以除非有记者招待会，中晚两餐我们都在唐人街杏花楼碰头。代表团成员中，胡老板同董必武先生最接近。于是，每天我也跟这位中共代表同桌而食。陪同董老的是章汉夫和陈家康。可是桌面上谈论的，无非是些会场上的花絮，很少涉及国内政治。我坐在末席，不大插嘴。

联合国成立大会是四月二十五日上午九点在旧金山歌剧院正式开幕的。头一天我就获准去看了一下会场，这样就预先了解到会场布置，并且向人打听到开会的程序。清早，歌剧院一带就断绝了交通，只放行那些佩证的人员。全市悬满了万国旗。大戏要在下午四点半开场，可天公不作美，午饭后天色转阴，接着就淅淅沥沥掉起雨点来。三点半左右，太阳又露了面。雨后，旧金山的街道格外光亮洁爽。离开会还有一个半小时，歌剧院就已满座。三个入口分别吞进三种身份的与会者：代表、专家和来自全世界的记者。这拱顶的建筑里，这会子已一层层叠满了人。每个楼梯拐角都有美国哨兵检查证件，会场里则由短打扮的女童子军维持秩序，她们散发着程序单。台后乐队，奏起轻音乐。气氛既隆重，又愉快活泼，像是为人类办着件大喜事。

舞台背景是天蓝色的，中间立着杏黄色的台柱，交叉着四十七个参加国的国旗。幕帷是深灰色的，台上的桌子是淡蓝色的，后面四把椅子又是黄色的。大通讯社人员坐在包厢里，一般记者们则散坐在池子里。代表团入场时，摄影记者争夺有利角度，镁光灯的光束从四面八方朝国际政治舞台的明星射来，咔嚓咔嚓声响个不停。

四点半整，音乐戛然而止，会场上鸦雀无声。台上左右齐整地走出着制服的男女青年，他们代表美国海陆空军作战单位，排成一字形。接着，美国国务卿斯退丁纽斯偕同加州州长、旧金山市市长以及大会秘书，步上讲台。国务卿手握木槌，当当当敲了三下。于是，在国际联盟失败后，全世界集体安全的又一次试验就正式开始了。

在一个个代表团就世界和平唱完高调之后，第二天就为了谁当大会主席争个面红耳赤。接着，几个大国都为自己的仆从争取会员资格。三周前，华盛顿还把阿根廷骂得一钱不值，甚至逼着英国同它断交，可为了壮大美洲集团的声势，美国又出面为阿根廷争取入会资格。一个下午，二十几个美洲国家在美国倡导下，又一齐唱起阿根廷的赞歌。可大会刚闭幕，美国对阿根廷又变了脸。难怪苏联也提出乌克兰和白俄罗斯的入会资格。

五月二日，我正在旁听一个发言时，忽然消息传来，在意大利北部的纳粹军队首先向盟军投降了。和平的曙光出现了。接着就是希姆莱、戈培尔等纳粹头子相继自杀的消息——戈培尔还先开枪把妻小打死，然后自己才饮弹而亡。随后又听说希特勒本人同他的女人伊娃在地窖里自焚。当晚，丘吉尔宣布欧战的终了。这一天就是所谓 V.E. 日[1]。

美国政府为了防止酗酒闹事，采取了预防措施：规定次日，酒馆一律不许卖酒。这可是在兴头上给了一棒。这天下午，记者们都抢先抱回几瓶几瓶的酒。兴奋、激动啊！旧金山的大街小巷都挤满了狂欢的人们。歹徒终于得到了应有的下场。从今以后，做父母的再也不必送儿子去前线了。然而世界从此是否就将像罗斯福和丘吉尔在百慕大所签署的《大西洋宪章》中所许诺的那样，享有四大自由：言论自由，信仰自由，不再有匮乏、不再受迫害的自由呢？还得拭目以待。

这一天，我身在这个太平洋商埠，欢庆之余，心里总还有点不对劲。东方的战场上，最早被侵略的，也即是战斗最久的中国，仍在那里浴血奋战。重庆还

①V.E.日即欧战胜利日。——编注

在挨轰炸，特务横行，继续在抓自己人。战后中国的局面呢？依然是个大大的问号。

对于战后的世界，我也抱有隐忧。

十天来参加联合国大会，我不啻上了国际政治的一课。它使我认识到：个人与个人之间，有时兴许会出现利他主义，但国与国之间，则只有赤裸裸的利己主义，连标榜“工人无祖国”的苏联也不两样。在歌剧院讲台上，只见争，绝无让。争的还不仅是个平起平坐，而是都想称霸。大英帝国被这场战争消耗得大伤元气，甚至支离破碎了，美国则十分露骨地要把战后世界变为以美国为盟主的天下，成为“美国世纪”。苏联在争夺霸权上，当然也不甘人后。

作为一个东方人，一个来自受过列强压迫的中国人，我当然巴不得战后的世界尽量为被奴役者松松绑。然而我看到白种人欺凌有色人种的局面并没有被打破，而是重新得到了承认。南非定有六十项歧视黑人的法律，而联合国人权委员会的美国代表（罗斯福夫人）竟认为“那是法律问题，与人权无关”！弱小国家争来争去只争到“限令南非设法终止种族偏见，并具报结果”。至于“托治”问题，更加令人沮丧。这个委员会的原旨是要使战前的殖民地在国际监督下，过渡到民族自决。既不是改变一下名称，更不是转手。但是花样出来了，有些殖民地交给联合国监督，而有战略价值的，则划为“防御区”，联合国不得过问。这样，那些民族也就永世得不到“自决”。

在旧金山，我并不是唯一的中国记者。国民党中央社曾把其英文部精锐十几员大将都调到旧金山来。他们不但人多势众，而且可以随时接近以团长宋子文为首的中国代表团成员。他们有电传，并有摄影记者在会上活动。我则孤家寡人，谈不上什么竞争。

然而一次偶然机会，由于老记者胡老板的精明机警，我们竟在一个意义不小的问题上，抢到了一件独家新闻。这大概也是我从事报业以来唯一的一遭。

一天，在杏花楼午膳时，胡霖关照我说，当晚以莫洛托夫为首的苏联代表团要宴请中国代表团，因而我就不需去马可 · 哈布金斯旅馆找他了。换句话说，我可以有一晚的自由活动。

那晚英国广播电台的一位记者邀我去一家男扮女装的剧院，说在美国只此一家，且与中国的京剧相似，我谢绝了。还有个加拿大记者要我陪他去夜总会，我也推掉了。前两天，我刚陪胡社长去过一次，那是我第一次，也是最后一次进夜总会。那晚表演的不但是脱衣舞，而且表演者竟然是个中国姑娘。舞毕，她跑来向我们解释说，她是为了“半工半读”才干那营生的，并且告诉我们她读的是新闻系！过惯了剑桥那种半乡村式生活的我，并不向往大都市的夜生活。我的自由活动是冲个淋浴，然后钻进被窝好好睡它一觉。

没等我睡着，电话铃突然响了。是胡社长的声音。他用短促的四川口音说：“你务必马上来——马上来，一切见面再说。”

我匆匆穿上衣服，下楼喊了一辆出租汽车，赶到他的旅馆。刚跳下车，就瞥见胡社长已经焦急地等在大厅入口处了。他气喘吁吁地说：“刚才莫洛托夫向宋子文碰杯敬酒的时候给我听到了。翻译出来就是：欢迎中国代表团到莫斯科来签订《中苏互不侵犯条约》。”接着他得意地告诉我：“我赶紧装作解小手就溜出来给你打了那个电话。”

说罢，他挥了挥手便向电梯走去了。我一个箭步蹿上人行道，又喊了一辆出租汽车，就朝着大西方海底电报局疾驰而去。我给重庆《大公报》发了一个特急电。这消息就加上花边，排在次晨重庆《大公报》要闻版的头条了。

倘若估计能在联合国大会采访到点值得报道的东西，即便它拖得再长，我也愿意以守株待兔的精神坚守在那里。但是会越开越疲沓。大会小会，多是在一些程序上你争我夺，而真正的“政治”却在桌面底下——在密室里进行。于是，我向胡老板提出与其成天泡在那里，不如让我到美国各处转一遭。然后，赶回英国去采访大选。那毕竟是我的岗位。

承蒙他首肯了。我就向美国新闻部（OWI）提出个计划。他们很快为我做了安排。我就告别了老板，告别了旧金山，搭一列名叫“夜鹰”的夜车，来到洛杉矶。

我生平第一次看电影是在一九二一年，记得是卓别林的《淘金记》。一九三〇至一九三九年间，我几乎逢片必看，不但能哼有些片子的主题歌，甚至背得出其中的对话。我是以朝圣者的心情去访问好莱坞的，看了华纳兄弟公司正拍摄的三部片子。记得印度诗圣泰戈尔曾说过，人之一生要坐在舞台前看戏，不要去台后探头探脑，否则会感到幻灭。及至参观影棚里的设施道具，看到惊涛骇浪的海景原来是在大水池子里拍的，我便担心今后好莱坞惊险片再也不能使我提心吊胆了。

那天的午饭是在影城的快餐厅吃的。我翘首望着走进来的一个个明星，而坐在我邻桌的恰好是我十分崇拜的贝蒂·戴维丝。她边吃边同一位像是导演的男人在争辩什么。我很想跟她握握手，但看到他们谈得那么激动，不便去打扰。

当晚我是在影城一位叫路易斯的导演家里度过的。他请了女明星琼恩·费沃尔作陪。他们问了我些中国电影界的问题，我大部分都只能支支吾吾，甚至干脆答不上。路易斯先生则由戏剧的节奏谈到国际政治，说双方越是拍桌大吵，越不必担心。戏剧的紧张场面向来有起有伏。当高潮真正到来时，倒往往来得十分沉寂。什么时候消停下来了，武戏也许就快开演了。

由洛杉矶南行，经过辽阔多山的亚利桑那和新墨西哥，以戴宽檐帽的牛仔闻名于世的得克萨斯州，遂来到把着密西西比河口的新奥尔良。这是一座富于十八世纪法国色彩的古城，悠闲潇洒，像是摒弃机械文明的世外桃源。我走访了当年拍卖黑奴的场所，还去了一家酒馆，据说那是个醉鬼不断出没之地，时常酒后出人命案子。方场周围是林立的棕榈，树荫下徜徉着歇凉者，沿着墨西哥湖边，戴巴拿马帽的人们在钓鱼。晚饭是在一家螃蟹馆吃的。上过甜菜后，电灯突然灭了。黑暗中只见一缕绿烟。灯再明时，一杯掺了白兰地的咖啡已经摆在面前了。

从这里，沿阿巴拉契亚山脉北上，来到赫赫有名的田纳西水利工程（TVA）的中心。三天来，我踏访了九个水闸中的两座，深深叹服科学的威力。曾经为患这一带的大河驯服之后，如今大量生产廉价电力，变祸为福了。

然后，乘车穿过烟山——据说，这里常有熊出没，可惜未能遇见——就来到首都华盛顿。

伦敦和巴黎，处处都是历史和传统，新大陆的首都华盛顿给我最突出的印象是青春和理想。我特别喜欢华盛顿建筑上的一些题词。邮政总局楼上刻着："爱与同情的使者，别离朋友的仆役，孤独人的安慰者，散落家庭的联系人，共同生活的扩大者，新闻与知识的输送者，工商业的工具，友谊的赞助者，人与人、国与国之间和平与喜睦的促进者。"这就总结了邮局的伟大使命。最高法院的三角屋顶上，西边刻的是"在法律面前人人平等"，东边刻的是"公平是自由的保障"。

在华盛顿，我还参观了参众两院，攀登了林肯纪念像的石阶，一路上背着一八六三年他在葛底斯堡所做的那篇“民治、民有、民享”的著名演讲。

接着来到不夜城纽约。它使我联想到卓别林的《城市之光》。一排排的楼房高耸入云，使我喘不过气来。朋友请我在百老汇看了保罗·罗伯逊主演的《奥瑟罗》，这出戏给我留下了难忘的印象。

六月六日，我搭车去巴尔的摩，当晚登上一架水上飞机。在纽芬兰稍停一下，一口气便回到了保守党的丘吉尔和工党的艾德礼正在火拼中的英国。

由于是来自古老的英国，我在美期间情不自禁地总在比较着这两个同文同种的国家。英国重视传统，因而比起美国来，更讲究等级出身。有爵位的，即便已落魄，也往往仍具有优越感。哈代笔下那个挤奶的苔丝姑娘，多么热衷于追溯她家远祖的高贵啊。美国人恰巧相反，他们以穷苦出身为荣，强调凭个人奋斗而出人头地。他们重富轻贵。火车从丹佛开往旧金山途中，我问茶房这一路有什么名胜风景可看。他说：“要经过六位阔人的别墅。”

英国的贵妇人很少直称“太太”的。听说宋美龄来美时，美国报纸称她作“蒋介石太太”，气得她正式提出抗议，后来就改成“夫人”了。而罗斯福太太就是“太太”。使人觉得社会阶级在英国相当固定化了，而美国社会，人与人之间则较为平等。在旧金山，一位在西岸拥有好几家百货公司的富翁请我吃饭，因为我在第七军中结识了他那在前线作战的儿子乔治。甜菜过后，上了咖啡还不见女主人出来。我按捺不住，就向他问起女主人，我好告诉她乔治的近况。这时才知道席间一直跑来跑去为我们上菜斟酒的那位穿白围裙的女侍，正是女主人装扮的。这种幽默，英国人大概是做不出的。

在纽约的夜总会上，我看到美国人尽情地跳，尽情地吃喝玩乐。然而在田纳西的水坝上，我看见连总工程师也挽起袖子在干。光学美国人的享受而不学他们的埋头苦干，是必然要吃苦头的。

一九四五年七月二十六日英国的大选以及功臣丘吉尔的落选，给我很大的触动。对照当时国内的独裁政治，使我进一步对西方民主政治油然产生一种向往。盖座大楼要招标，原来治理国家也可以搞招标。我完全没料到一个领袖功劳再大，人民照样可以罢免他，另换旁人这种可能。丘吉尔的落选使我苦思了好一阵子。要谁不要谁的大权最终掌握在选民手里，这种可能是我始料未及的。

丘吉尔在一九四〇年曾经是力挽狂澜的中流砥柱人物。用东方人的惯用语，就是大救星。他领导英国人民扭转了危在旦夕的局势，最终取得胜利。在生死攸关的六年期间，他立下了汗马功劳，是个恩公，难道还能从唐宁街中被赶出来？

然而他竟然落了选，乖乖地卷起铺盖，把首相这把交椅让给了工党的毫不出色的艾德礼。直到检票时，这是世界以及英国报纸大都没料到的。但事情就是如此，这就叫“民意所向”。功劳簿扭不过一部宪法。

一九四四年萧乾在英国阅读自己在《大公报》上发表的《伦敦通讯》

然而我也并不是毫无保留地为西方民主这番表演所陶醉。在写这段回忆录时，我曾翻阅一九四四年七月六日的重庆《大公报》，发现我在电讯中还写了这么一段话：

看来选举是现代广告术和拍卖行当的综合。谁有钱，谁就拥有宣传媒介；而谁有宣传媒介，谁就能左右选民的思想。有许多宣传讲的并不是政纲或就政治问题进行的辩论，而纯粹是催眠术。或用动人的照片迷惑选民。在竞选时，许多平时十分客观冷静的报纸，一下子满纸全是宣传，很少能保持正常。连丘吉尔那样的大人物，为了争选票也不惜在琐碎事上争执。相比之下，戴高乐的姿态就较高。他始终不陷入政党的纠纷中去。

这后一点当然是针对国内政治的。

在保守党同工党竞选过程中，我就留意到许多奇闻。一个叫汉卡克的北桑普顿农民出来以独立身份同丘首相竞选。此人说倘若他当上首相，要把日用品同必需品分开，必需品归公有。还扬言每人每日工作只消一小时。另外一个二十六岁的青年，开战前原是个铁路职员，开战后入伍，参加了第六装甲兵团。大选时，他正在澳大利亚，本来不准离职。丘吉尔政府的陆军部特别批准他回到英国来同丘吉尔唱对台戏。当丘吉尔在苏格兰竞选时，他想借格拉斯哥的乔治广场一席之地来发表演说。格拉斯哥恰好在工党势力范围。那里市议会一位议员竟然以保护草坪为名，拒绝了丘吉尔的请求。

投票那天，我特别跟了一位英国朋友去参观。票箱是放在一座教堂里。堂外有提皮包的商人，也有戴宽边黑帽的修女。各党派开着装有扩音器的汽车，向选民做着最后的呼吁："某某当选后，将给居民提供更好的住房！""某某当选后，将把抚恤金及养老金增加五先令。"这当然都是些小恩小惠，不过说明选民福利是竞选的焦点。选民们则交头接耳，你一言我一语地发表着意见。虽然只是一个小镇的选举，但严肃得有如结婚仪式。验过选证后，选民挨个儿走进一间三面封闭的地方，他仰头望望天花板，似在做最后一分钟的抉择。然后拿起用绳子系着的公用铅笔，在自己中意者的姓名下面画个√。出来时，又得验一下选民证。

保守党竞选失败后，各报都分析起原因了。一个因素是保守党过分倚赖丘吉尔个人的威信，而工党却拿出一整套施政纲领：用国有化代替自由企业，同时，贝沃瑞芝的社会保险方案——公费医疗，社会福利，从摇篮包到棺材——也起了决定性作用。

“八一五”日本投降时，执政的工党的艾德礼、克利甫斯以及拉斯基，保守党改革委员会主席昆顿·霍格，自由党的辛克莱以及英国共产党党魁波立特都纷纷写信或打电报到我的办公室，要通过《大公报》向抗战八年于兹的中国人民致敬。这一天，我一边庆喜兴奋，一边又对战后的中国政局担着心思。国共不真诚合作，早晚要变成东方的波兰。

那真是马不停蹄的日子啊！英国大选一结束，我立即又赶往柏林去采访波茨坦会议。

在巴黎登上一架C46型运输机时，机上除了我，只有两位异常沉默的美国军官。飞行途中，他们甚至避开我的眼光。我则在推敲着这两位要么是刚受了上级军官的申斥，要么就是口吃——不对，哪能那么巧，两人都口吃呢！最后我得出结论：准是身负什么特殊使命，所以得守口如瓶。

机身先是浮在云层之上，渐渐依稀可以看到陆地了，映入眼帘的是法国那被炸成一片瓦砾的村落城镇。接着，马恩河、摩泽尔河像蜿蜒在绿田里的草蛇般出现了。飞机在美因河上盘旋了一周，就降落在法兰克福机场上了。

这架飞机的终点是柏林，所以我不准备下去，而且也着实下不去。四十多名头戴钢盔、身着草绿军衣的美国士兵已拥在机舱门口了。带头的朝机长嚷：“全装得下吗？”机长也不问会不会超过载重量，就摆了下手。于是，呼啦一声，就统统拥入机舱内，两排长凳立即挤满了。

加完油，机身摇晃了一阵，就又由地面腾空而起了。上来的士兵一路上聊着布鲁塞尔姑娘多么热情，相互夸耀着自己“解放”——就是捞战利品——的成绩。萨勒河在机翼下出现了，我们已飞在苏占领区上空了。

飞机在柏林的滕珀尔霍夫机场降落，来到曾经是希魔的老巢，也是六年来盟军轰炸的主要目标了。这机场，当年迎送过多少轴心国家的大小傀儡，如今指挥塔上迎风飘扬着苏美英法国旗。机场大楼墙上原来的德文标语，早已被崭新的俄文标语覆盖上了。

一位美军联络官已在机场出口伫候我了。我这黄面孔的记者很好认，随即同他上了等在机场外面的吉普。

柏林的街道真宽、真长，两旁炸得好惨啊。没炸毁的店铺也都关了门。街头巷尾，不时看见提了篮子或背着口袋的妇孺在觅食。

凭记者证，我马上领到配给：巧克力糖十包，刮胡刀一打，杜松子酒半瓶，威士忌半瓶，还有一条骆驼牌香烟。

到柏林的，少不得要去一趟威廉街的德国总理府，希特勒这个大本营位于苏联占领区内。我们一行记者分乘几辆吉普车前往。这条罪恶渊薮的大街早已被炸得七零八落了，总理府倒还在。把门的红军哨兵看了我们的证件就放行了。楼下的大厅里空空荡荡，枝形吊灯在轰炸中垮了下来。许多来访者拧下一个个灯泡作为战利品。楼上是希魔当年的办公室。此刻，家具七歪八倒，很像个拍卖行。守在那里的一名红军士兵见到我肩章上的“中国”字样，友好地向我敬了个礼。他从口袋里掏出一把纳粹勋章，给我做战利品。谁料到一九六六年“文革”抄家时，这也成了我的一项“罪证”！

联络官对我们这群记者说：“诸位先生，今晚你们将睡在柏林唯一没挨过炸的一片乐土：泽林多尔夫。”这里很像伦敦的汉普斯特德或巴黎的布伦树林，是远离市区的幽静地带，最理想的住宅区。林立的咖啡馆和饭店，有的关了门，有的被征用了。我们住的地方也是被征用的。房主可能是位艺术家，这会子全家老少都挤到底层仆人房里去了。

一次上厕所时，我遇到一个中年德国人，说不定就是房主。他羞怯怯地伸手向我讨一支香烟。我给了他。接过来，他就放到鼻孔忘情地倒吸了一下，脸上露出感激和喜悦的神色。接着，他问我可不可以也送他太太一支，我随手又递给了他。

回房后，正在整理行装，一个留着金黄色披肩发的十来岁姑娘由门口探进头来。她踌躇了一阵，才悄悄地踱到我跟前。她胸前捧着一幅水彩画。

“这是万湖，”她指着水彩画对我说，“是妈妈画的。您看值多少根香烟？要骆驼牌的。”

画得确实不错：蔚蓝的天空，湖面上白帆点点。远处丛中还露着一片屋顶。她指了说：“那就是波茨坦的无忧宫。”

收下来倒是个有意思的纪念品。然而我记起盟军禁止同德人往来的纪律，就给了她一包骆驼牌香烟，让她仍把画带回去，告诉她妈妈：“多少支香烟也不够买一件艺术品的，即便是骆驼牌的。”

入夜，蚊子不断来袭。心想，大概由于万湖就在附近。

柏林这时的情景使我想起天津。一九三五年初抵天津，一下子进了日租界，一下子又来到法租界。在柏林走路也是这样。走上一英里就会碰到一个白木牌，上书：“你已离开美国占领区。”果然，戴白盔的美国宪兵绝迹了，在马路中心高墩上指挥交通的是苏联女警察，年纪都在二十左右，黄咔叽制服，绿领带，手持红绿二旗，机警敏捷地挥动着，军帽下往往还露着刘海儿发，闪着明亮的斯拉夫眼睛。

伦敦除了白金汉宫前面的一段马路，市区的街道既窄又曲折。乍走巴黎的香舍丽榭和华盛顿的宾夕法尼亚大街，就觉得宽阔笔直，气魄大多了。我乘吉普，由苏英美交界的勃兰登堡沿动物园直驱英占领军司令部所在地的阿多尔夫特时，越发觉得柏林的马路既宽且长。只是两旁树林都被炸毁，残缺得不成样子了。最引人注目的当然是那座纪念战胜法国的凯旋门，这时顶上正飘着三色旗。德国的房子多是四四方方的大块头，整个城市大而无当，既缺乏伦敦和巴黎的魅力，也没有华盛顿的气魄。

从柏林去波茨坦，可以说是从废墟到废墟，其间却有着一片自然美景。沿着静寂的万湖望去，天边一抹灰云，地上是稀疏的远林。

穿过波茨坦的荒凉街道时，一路都得还着斯拉夫女警察的敬礼。当年，伏尔泰曾在这无忧宫中同弗里德里希大帝促膝谈过天。可我们离宫门还老远，便被戍兵拦住了去路。记者证仅仅使我们得以进入外围。次日起，波茨坦方圆三英里一概不许进入了。

记者生活时常要求超人的耐性。同来的英、美、法、比、荷国记者分头四下猎取有关巨头们的新闻了。有的在滕珀尔霍夫机场足足守了一个星期，居然一天给他看到戴顶草帽的杜鲁门正下飞机。又有人在苏占领区的街上看到叼雪茄的丘吉尔正同女儿玛丽在踏访轰炸的残迹。最神秘莫测的是斯大林的踪影。通往东德的火车沿线，每隔数码必有岗哨，铁道两旁德人住房一律用木板钉死，谁也没见到他怎么进的无忧宫。

如果以为到了波茨坦就可以探访到三巨头会议的一点消息，那是妄想。新闻联络官不像是在协助采访工作，倒更像哄着我们这五十几名记者，确保我们不越雷池一步。

第一次新闻发布会上是这么说的："昨天杜鲁门总统与斯大林元帅共进晚餐。菜单是：冷荤、甲鱼汤、炸牛排……"就好像这三巨头是到波茨坦来欢度周末似的。

像在旧金山一样，我感到泡在无忧宫墙外捞不到什么油水。即便有点，那么多大通讯社在场，也轮不到我。我就琢磨起重庆读者最想从我这里知道些什么。

我估计柏林必然有不少由国内来的留学生。倘若能访问他们，我就既可以从他们了解到这座城市的情况，又可以把他们的情况报告给国内。经过六年的欧战，也就是说，柏林挨了六年的轰炸，谁不想知道一下自家子弟的安危呢?

回柏林后，我就直奔驻德大使馆，并找到了困在那里六七年于兹的中国同学。这时，伪大使王揖唐的儿子早已逃往西班牙。同学们听说我不是来自伪满，而是代表重庆《大公报》的，就都热烈拥抱，并兴奋地谈了起来。

“不能不说希特勒这小子真有一手，柏林的地铁一直开到最后一天。”

“唉，这里的地铁太浅，中了弹就穿通。咱们将来修，可得修深一点。”

“纳粹这帮是坏蛋，可德国老百姓还是好的，特别是开公寓的中下层阶级。我几年没交房租，非但没赶过我，还供我饭吃。这回门口挂起了咱们的国旗，也算是报答啦。”

“国内得想办法早点让我们回去。我是学医的，他学工程。回去我们都有用。在这儿，成天只找吃的。”

“国共和得了吗？和了有多好，我们就扬眉吐气了。”

“将来黄浦江也得修座桥，那时候，当小工我也干。”

说是喝咖啡，其实是木屑制的，可也挺令人兴奋。

十八张——三十张脸；门一开，又是一张。张张都激动，神采奕奕，泛着对祖国的眷恋。我们谈将来台湾、海南岛的开发，谈香港也得收回。一位河南口音的同学又把话题扯到纳粹政权上，说："德意志这个民族本来是很优秀的，问题就在放着好日子不过，好端端地搞起秘密警察和集中营来了。"

另一个说："秘密警察和集中营只是手段。目的呢？不外乎为了维持老希的宝座。我们将来也得搞计划经济，可就是政治上别走希特勒这种靠秘密警察和集中营来统治的老路。"

事后，我在拍往重庆的电讯里，特别引用了这句话——千万别走希特勒的老路！

接着，又在他们的引导下，访问了其他幸存的同学，了解到每个人的情况。然后我给重庆报馆发去一个电讯，专门报道了旅德同学的状况。电讯里净是张王李赵，再枯燥不过了。然而刊出后，报馆接到许多有关亲属的函电，衷心表示感谢，老板因而对我也给予了褒奖。

小时候上学，有时遇上"过大车的"——就是载着死囚拉往天桥刑场的那种车，许多人围观，我却总缺乏那种好奇。有的死囚途中还大逞英雄，向路过的店铺要吃的喝的，并且扬声唱起二簧。其实，那只不过是为了掩盖他们内心的绝望与恐惧。我不是死刑反对者。对那些为害人类的败类，我赞成应当给予严惩。

只是我鼓不起兴头去“观赏”这样的死囚最后的表演。

就我个人而言，我并不怎么热衷于采访据说将于十月在纽伦堡举行的纳粹战犯审判。但是既然当了记者，守在欧洲战场这个岗哨上，我总不能佯作没这件事。就第二次世界大战的善后而言，这还是件意义重大的壮举：不是把歹徒不声不响地枪毙掉，而是让他们站在法庭的被告席上，并且准许有辩护人，在光天化日之下来受审，然后根据最后判决来处理。这本身就表现了民主国家与纳粹罪恶集团做法的截然不同。而且审判过程也就是揭露他们的过程，必然会带来深刻的教育效果。

十月五日上午十一点，我由伦敦乘飞机先赴法兰克福。今番是和平时期的旅行了，坐的不再是硬邦邦的运输机，而是架绿色的德寇搭客机。座位上还事先放好一匣冷餐：三明治、甜点心、四块糖果和一个西红柿。纸匣上有趣地印着一幅从古籍上影印的图案，下书“十七世纪的飞行观念”。画的是一具大木架，上系十四只巨鸟。架子下方坐着驾驶员，手挥布帆，以左右方向。同机的多是善后救济总署工作人员，也有几名军人。我是唯一的战地记者。

机翼下的英吉利海峡，法国的农村以至莱茵兰的树林，都是我曾跑过的地方。这次又从空中俯瞰一下，深切体会到和平时期的美好。可不知人们要多少时候才能把下面的废墟再变成田园。

下了飞机，瞥见机场上正停放着一架巨型客机。

通身以红蓝二色画着作为美国国徽的巨鹰，这庞大银物身上还用英俄文标着“美利坚”字样。使人感到战后世界的现实：以权力威慑权力。

吉普把我载到距机场十二英里的威斯巴登，住进绿林饭店。这城虽不大，由于它有温泉，曾是沙皇以及各国贵胄的消暑胜地，有华丽的歌剧院和音乐厅。艾森豪威尔将军原打算胜利后把盟军总部设在此地，所以一直没把它作为轰炸目标。不幸，一次由于盟军驾驶员的失误，它终于也没能完全幸免。

走出旅馆，便来到市中心的广场。迎面，一座哥特式教堂的塔顶已倾斜下来，喷泉旁的俾斯麦铜像却依然挺立在石座上，四周蹲踞着的雄狮及和平天使都东倒西歪了。几个戴了美军钢盔的顽童一边啃着黑面包，一边在玩着捉迷藏。朱唇披发的女郎挽着美国兵的胳膊，嚼着口香糖，在闲荡着。残瓦堆积如山的街巷里，正有男人砍着木柴。能干的主妇提篮携袋，在旁边等着买劈好的柴。面包坊前排着老长的队。战犯监禁所四周围着铁蒺藜。一辆囚车停下来，路人就立即围观，想知道关在里面的是什么纳粹官儿。经两次战败的老人溜着墙边踟蹰，背了书包的儿童还在跳跳蹦蹦。天晓得他们长大了，世界又将成个什么样子。

晚十点，忽闻汽笛声响。戒严了，没有通行证的德国人就不得出门了。

清早，我沿着湿漉漉的碎石子路去散步。蓦地传来一阵深沉悲壮的风琴声。原来那座钟塔已倾斜的教堂里，一名少年正坐在凳上练习。教堂大门被炸裂了，用石头堵起。墙上画着个指向地窖的白色箭头。空袭期间，那里曾充当避难所。

走过市政厅，看见山墙上有些石雕还是完好的。途中，我东问西问，就向莱茵河畔走来。德国人喜欢保留他们用卵石铺成的路两旁净是结着栗形果实的七叶树。这时，树梢已染成金黄，叶间唰唰作响，地上时有爆裂的果实坠下。马路上过的不是红十字会车子就是美军的游览车。走过小丘，远远望到了微微闪亮着的莱茵河以及对岸的松林。

在多少诗歌和小说里，我读到过莱茵河的名字，仰慕过它那秀丽的风光。如果不是忽然奉召去美，三月间我本可以见到它——不过那时大概只能见到炮火下的它。如今，没有了隆隆的轰炸机，没有了耀武扬威的坦克。我是和平时期的一个巡礼者。这时，一位老者正倚杖望着一只风筝，河岸上栽着松柏，齐整得有如普鲁士的队伍。荒废了的码头周围正有几只海鸥在盘旋。“限乘一百九十人，请勿拥挤”的招牌显示着当年这里的繁荣。河浪不时冲击着多苔的岸边，汩汩作响。河身放射着暗淡的银光。当年熙来攘往的江滨旅社，这时大门已生了锈，临江的阳台上悬起“美国红十字会”的旗子。

归途，在街角遇到一位黄面孔的行人。我试着用中文招呼了声“你好”。果然是位徐姓青田商人。承他引路，带我去参观了他栖身的救济总署临时难民营。

难民营由若干幢小楼组成。他指着一座白色的，说住的是波兰难民。旁边一座是希腊人的。难民们都把洗好的衣服晾在窗口。语言嘈杂，有如进了巴别塔。有的在吵架，有的也许在谈恋爱。总之，是个颇有生气的小世界。

徐君带我去看了他住的那幢。大部分是斯拉夫人。房里黑乎乎的，气味浓烈呛鼻。一位满脸皱纹的老妪正在往面包上抹那才发下来的冷肉屑。几个小伙子边打闹，边烧着开水。房间凌乱不堪。厕所冒出的气味使我想到了故土。

“铁托将军还是米海洛维支？”我问一个正切着面包的青年。

他把刀一剁，跷起大拇指回答说：“当然是铁托。”

这时，进来一个会说英语的比利时年轻女人。她告诉我，一九四〇年纳粹抓她哥哥来此做苦工。她不放心，就硬跟了来。如今，哥哥死了，她嫁了个美国兵。她眉开眼笑地说，不久一有船，就把她接去俄亥俄了。

在威斯巴登，我旁听了一次当地的纳粹审判。

公审纳粹时还准许律师出庭为战犯辩护，想不通的不仅仅是法制观念薄弱的东方人。英国律师会就发出通知，促请英籍律师拒绝受理这种在公堂上为歹徒辩护的委托。也许为了程序的完整，更可能是表现西方的司法尊严，审判还是在有辩护律师的情况下进行的。

被告人是五男一女，都是海得玛精神病院的管理员：主任一名，大夫一名，男护士一名，女护士一名，另外还有一名登记员和一名专管抬埋的。他们被控的罪行是：注射毒剂杀害了四千四百名苏联及波兰人。

早晨九点，我就同美、法、波籍记者及一名摄影师由旅馆出发。审判在市政厅举行。台上已摆好六把椅子，背后是一面大幅的星条旗。台下分三排。最前面坐着六名被告的辩护律师，其中三个是穿长袍的德国律师，三个美籍律师穿的是军服，腰间挂着手枪。他们后面坐的是六名被告，虽然哆哆嗦嗦，还可看出点凶相。再后面是德籍记者。台左边前排坐的是正副审判官和检察官，我们这些盟军记者坐在他们后边。大厅中间靠台处有两名速记官，手中各捧着一台录音器。此外还有翻译官二人。旁听席里，最前排是美、英、法、苏占领军的长官，英国最高法院院长及联合国战争罪行调查委员会主席——他是联军人员中唯一着便服的。再后就是美军官兵、红十字会及善后救济总署的工作人员。听众中间有不少德国人以及刚从集中营里放出的难民。

这时，辩护律师正在同被告低声谈着什么，摄影记者各自选着角度在拍照。广播员在试着音，朝麦克风嚷着："纽约，纽约。"美国士兵一边嚼着口香糖，一边翘首望着那六名被告。

九点半，主审官偕五位上校级陪审官进入法庭。就座后，个子魁梧、腰挂手枪的主审官宣布审判开始。

先由辩护律师一一介绍被告。主审官和律师同时举右手宣誓；接着，译员也举手宣誓。最后六位陪审官起立，举右手宣誓："在上帝面前，大公无私；审判结果公布前，绝不泄露。"

于是，审判开始。检察官列举一连串事实，指控被告犯有杀人罪。律师则起立辩白被告无罪。主审官坐在台上面无表情地注视这一切，只偶尔为维持秩序而敲下桌子。那六名被告则用手拢着耳朵谛听着自己的罪名。

当检察官站起来控诉被告有预谋地杀害了四千四百名苏联及波兰籍苦工时，一名律师忽地起立反驳说，当前这个审判根本不能成立，因为：（一）被告并未谋杀美国人。只有涉及美国人，才有权审理。（二）苏联根本不是日内瓦国际公约签约国，因此，无权受该约保护。

主审官站起来说：（一）倘若国际公法不能对谋杀四千四百人的案子进行审理处治，那人类的悲剧真不堪设想！除了国际公法，还有陆军战律，美国也曾签过字。该战律明文禁止虐杀战俘。（二）贵律师说苏联未在《日内瓦公约》上签过字，但德国及俄国均是一九〇七年的《海牙公约》的签约国。根据该约第四十六条，对战俘的生命安全应予以保证。如今，美国既是德国的占领国，自然有权审理谋杀与美国结盟国家公民的罪犯。

辩护律师又起来反驳说，被告都不是军人，从司法立场看，他们不应对虐待战俘一事负责。接着又援引《纽约客》里的一段不大相干的话。

主审官说，他手边没有杂志可引，如有，他也不屑在这样场合来引。接着他厉声问被告："是有罪还是无罪？"这里就表现出英美司法的一个特点：在罪证未成立前，被告原则上依然是无罪的。

六名被告做贼心虚，又不懂得英美的司法传统，没敢吱声。他们的律师则站起来，替他们回答说："无罪。"

这时，检察官揭露被告截至一九四四年七月一日止，曾分批给战俘注射毒剂，被注射者数小时即毙命。尸首运到地窖埋葬。他还证明送去的战俘根本未患精神病，该医院也没有医治精神病的设备。所有病历都是登记员一手伪造的，说住院十天或两周，其实当晚就被杀害了。

以上控诉都由速记官记下，译员逐句译成德语。然后宣布休息。

重新开庭后，主审官问明被告听懂了控诉书否。接着，第一个证人上来，是个五十岁上下，棕色头发的瘦削女人。她颤巍巍地说，她名叫密娜索珂，从一九四〇年到美军攻占为止，始终在这家精神病院服务，负责收拾床铺。经过盘讯，她承认自己也给病人灌过药水，只是矢口否认预先知晓药水的作用。

"你怎么晓得要来病人？"

"看护吩咐我准备十五个床铺。"

“什么时刻？”

“夜里十一点左右。”

“事后谁来检查过？”

“女护士胡芬。”

于是检察官站起来，让证人确认胡芬。

七八个摄影记者从各个角落对准了被告胡芬——一个满脸横肉的凶暴女人。她多一个字也不说，步步为营。

“病人是脱光了还是穿着睡？”

“穿着。”

“后来呢？”

“亨利 · 葛洛夫走进去。”

“进去干什么？”

“打注射针。”

“打完了以后呢？”

“都死了。”

“多久以后？”

“一两个小时。”

“死的人中间有女人吗？”

“有五个。”

“小孩呢？”

“两个。”

“几岁？”

“三四岁。”

“小孩也被注射了？”

“是。”

“谁抬的？”

“汉斯 · 布鲁姆。”

焦点又转到谢顶的布鲁姆身上了。检察官大声问了一句：“运到那房子里的病人，有活着出去的没有？”

她眨了眨眼，回答说：“没有。”

最后，身着上尉军服的律师叉着腰问证人密娜索珂：“医院里一共杀害了多少人？”

她无精打采地望着主审官，回答说：“我不记得了。”

律师插嘴问：“有一万吗？”

她回答说：“没那么多。”

“五千吗？”

她仍摇头。

“是四万三千人。”听众中间一名德国青年用德语嚷道。

这违反了法庭程序。在场维持秩序的宪兵赶忙拥上，要把他拖出去。摄影记者又抓镜头了。

事后听说，那个青年的家人就惨死在那家医院里。然而又产生了个技术性问题：德国人杀害德国人，在不在审讯范围内？这时，主审官同陪审官们耳语了一阵。然后，敲下桌子宣布：审讯到此暂停，下午继续。

在威斯巴登审的，都还是纳粹的一些小萝卜头。大战犯关在三百公里以外的纽伦堡。次晨我就坐吉普直驱那里。

下士司机告诉我，他晚上还得赶回，好同一位金发女郎在邮政总局台阶上会面。所以车子一路朝东南方向飞驰着。我们穿过黑森省的农田，进入巴伐利亚。途中有刚被释放出来的德国俘虏，背着行囊，三三两两走过。在“斜坡”“拐弯”的路标之间，还有写着“耶稣救我”一类祷词的木牌。午后一点，吉普开到了纽伦堡的近郊。

一进这座关着大战犯的古城，就使我想到自己的家乡北平：也是那犬齿形的城墙，环城的护城河畔同样栽着垂杨柳。然而纳粹那帮歹徒，年年就在这里聚会：身佩卐党徽的SS踏着鹅步向希魔致敬，然后去铲除异己，屠杀犹太人。如今，在这座名城里关着二十三名没来得及自戕的纳粹头子。

这里接待记者的规模比波茨坦大多了。准备接待三四百名来自世界各地的记者，都住在距城二三英里的史坦贝村里。这是举世闻名的铅笔大王法伯尔的豪华别墅。花园占地二十亩，丛林幽径尽处，是大理石的雕像，旁边有喷泉。别墅分新旧两部分。旧的建于十七世纪中叶，新的是十九世纪初兴修的。室内黄绫帷幔，硬木家具，颇有宫廷气派。由于战犯审判尚未开始，记者大都还没到，我一人住半个古堡，好不寂寞。晚间一揿电门，枝形吊灯上千盏齐明，住惯了节约用电的英伦，在这儿很不自在。

晚饭时，听大师傅口音不像个美国人。一问，才知他原是德国陆军坦克车队的瞭望员。战后由于他既会英语又擅长烹饪，所以就由俘虏营里获释。他是萨克森省人，那里属苏占领区，至今家小生死不明。

这时，一个美国兵也坐下来搭讪。听到大师傅是德国陆军的，就问他属于哪个部队。大师傅说是：“五十五坦克师。”

美国兵又问：“你打过比利时吗？”

口气间，巴望曾同他对过阵。

大师傅说：“打过，那是一九四〇年的春天。”

美国兵失望地说：“唉，那时候我们还没参战哪。”

美国兵还不死心，接着问他：“去年打过哪儿？”

大师傅带着痛苦的表情回忆说：“我在荷兰驻扎了半年，就调到东线，打到列宁格勒近郊。后来退到黑海边上。”

看来那美国兵仅仅在比利时作过战，而且是在诺曼底登陆后。两个人实在未曾有缘在战场上交手。最后，美国兵把烟头在烟灰缸摁灭，走开了。

为了审判的便利，二十三名主要纳粹战犯都关在法院隔壁。我交出证明文件，负责的上校又打电话到记者营问明情况后，才在我领到的入门证上签了字。

走进监狱后，一道道的关卡真不少。我走过一道用木板沿着监狱院墙钉成的走廊。从木板空隙里，看到三个纳粹犯人正背着手在小院里散步，每人后边都跟着个持枪的卫兵。

陪我参观的上校告诉我，关在这里的战犯，不管他原来是什么角色，一律都囚在六英尺宽、十二英尺长的单身牢房里。每房各有床一张，上铺草垫；另有一张小桌、一把直背椅和一个抽水马桶。每星期由军队理发师为他们刮一次胡子。上校说，他们最重要的任务就是防止战犯自杀。

登上台阶后，他说我可以由门洞看上一眼。

那是一座三层高的监狱，所有朝外走廊全用铁丝网罩起，以防罪犯跳楼。每层楼都是一间间的牢房，每间灰门上都嵌着一块方玻璃，上书战犯的姓名和号码。这里关的都是些混世魔王，杀人不眨眼的刽子手。

由于准备工作需要时间，这批大战犯定于十一月底开始审讯。我决定去访一下巴伐利亚的首府慕尼黑。

慕尼黑，这个曾经被德国作家托马斯·曼称作欧洲文明的一座灯塔，被美国作家托马斯·活尔夫比作天堂的历史名城，在三十年代初不幸被歹徒希特勒看中了，成为他那帮恶棍的发祥地。因而在第二次世界大战中，它遭到了七十几次大轰炸，三万多名市民丧了命，一半建筑物化为废墟。地上横着破碎了的古希腊雕像，文艺复兴时期的名画埋在坍倒了的梁柱之间。慕尼黑市民低着头，溜着墙边，一路拾着美国兵丢的烟蒂，寻找着可以果腹的吃食。

极有讽刺意味的是，当年纳粹党头目聚会的那家啤酒馆却依然立在那里，只不过受了点损伤。生了锈的铁门关闭着，洋灰墙上写着 Burger Bran Keller。由铁门缝里一望，只见三十多名战俘正在锯庭院里的树。靠右角一座小楼曾中过烧夷弹，几百把铁椅卷成一堆面条。

我们喊一名战俘打开门，先走进当年国社党的书记处。那里，几个德国妇女正在帮美国红十字会做着点心。请我们就着杯咖啡吃了一块。隔壁就是当年国社党聚会的大礼堂，如今，改装成美国式的体育馆了，专供室内打排球用。国社党是在大餐间举行成立大会的。墙上写着“为巴伐利亚的义气和巴伐利亚的酒”。地板狼藉不堪。我们又绕道去贮存啤酒的地窖。要坐一架手摇的升降机，上面写明“载重二百公斤，不得带人”。

慕尼黑的另一历史遗迹是一九三八年张伯伦、达拉第和希特勒签署《慕尼黑协定》的勃朗尼楼。楼已基本炸光。台阶上睡着一个老人，他说这原是卢穗维希一世建的雕刻博物馆。对面是绘画博物馆。老人指了馆里的防空洞说，那天如果他没有钻进洞去，只差不到五分钟，就会跟那些浮雕碎片一样，被炸个血肉横飞。勃朗尼楼上，这会子飘扬着星条旗。

接着，我们又驱车直往达豪集中营。这是希特勒于一九三三年三月建造的第一座杀人工厂，也是在屠杀设备上最齐全的一座。二十八万无辜的男女曾在此丧生。这里也关过法国前总理布鲁姆、达拉第，奥地利总理舒斯尼格以及敢于公开反对希魔的德国牧师尼姆勒。如今，这里关押着五千多名党卫队队员。美国占领军正在集中营的一端修建着教堂。

小时逛东岳庙七十二司时看到的十八层地狱里的

各种酷刑，跟这里的比起来就算不得什么了。东岳庙那些泥塑的刑罚只是为了警世的，而这里的刑具上却血迹斑斑。毒瓦斯室外面竟写着“淋浴”。从天花板上那些莲蓬头里喷出来的却是毒气。用“洗澡”名义把囚犯骗进去后，便放毒气，无一幸免。从墙上那用指甲抠的一道道血迹，可以推想囚犯们临死曾做过怎样的挣扎。焚尸炉共四座，每座同时可烧六名囚犯。

由焚尸室拐入小跨院，在这里曾施过更为恐怖的酷刑。沿墙两边各有九只狗笼。将囚犯推进院中后，一声警笛，笼门一齐开启，十八条狼犬就向受刑者扑来。连撕带咬，顷刻之间活生生的人就变成地上的一摊鲜血。

此外，还有吊打、枪决以及注射毒剂等等五花八门的刑罚，使人不忍卒睹。我感到人这种动物，倘若没有“法”的制约，对同类发起狠来，诚然比猛兽更为凶残。我痛恨世上一切靠特务及暴力来维持的统治。

归途，吉普穿过树林，走过阿尔卑斯山下的村落。我一声不响。车子开到台根湖畔，我就下车进了第三军的记者营。晚饭是奥地利式的，在一只酷似画家调颜料的那种盘子里，分放着烤牛肉和酸白菜。我食而不知其味，一直对着窗外的湖水发愣。入夜，躺在床上，噩梦一个接一个地出现。

达豪一行，使我对人类丧失了不少信心。

要看大战犯的审判，还得再逗留一个多月，而那么大的新闻，通讯社肯定会有详尽的报道。我心里在盘算着值不值得。恰好在饭桌上碰到一位加利福尼亚来的海军上尉，他只身刚从北欧开吉普车来此，想沿着阿尔卑斯山，穿过美法两个占领区去巴黎。他的拖车上有干粮、汽油和帐幕。他正要找个旅伴。中国人和加利福尼亚人在这儿简直就是一半儿乡亲了。于是，我就同记者营打了个招呼，跟他结了伙。

德意志民族真爱艺术，巴伐利亚的村妇再穷，也得穿件绣花衣裳。色彩的鲜艳，图案的可喜，常令过路人望得出神。他们的木屋门窗也都经过精雕细琢，临街的墙壁上画着《圣经》故事或乡间风景。村里的土产不是手制的陶器，就是悦目的水彩。时而还有牛群走过，那深沉的眼睛和清脆的铃铛都使我想起北京城的骆驼。

早饭时，饭厅三面都是落地玻璃窗，如镜框般嵌着终年积雪的阿尔卑斯山。这时，山腰正有一片白纱般的薄雾在缭绕。杉树枝梢披着金灿灿的秋色。

除了田间卧着一辆生了锈的坦克，这里几乎看不到战争的痕迹。农家屋檐挂着一串串的腊肉，后园堆满了木柴。慕尼黑商人只认军用马克。这里，民用马克照样流通。村人男女老少都戴着绿绒帽、白绸帽，帽带上还插着鹅翎。

台根湖形如葫芦，清澄的湖水由葫芦尖端注入一道小溪。黑白色的长耳羊杂在马群中吃草，成群的鸡鸭在它们脚下蹒跚着。偶有挤奶少女拎桶走过，发际插的鲜花一路颤动。穿着皮裤的娃娃们在嬉笑打闹。

湖畔走过一位修女，肃穆的白袍上，馄饨皮般的白帽檐一颤一颤的。

告别了台根湖，我们向巴德特尔茨进发。那是美军第三军总部所在地。我们不是来拜访首先突破诺曼底的虎将巴顿将军，而是向驻在那里的法占领区联络员办理进入该区的手续。

吉普爬过一道山坡时，有载满稻草的牛车从旁边走过，草堆上坐着扎了花帕的村姑，嘹亮的歌声在晴朗的天空回荡着。由山坡俯瞰，是一片银亮的湖面，边上镶着灰棕色芦苇。仰头一望，便是阿尔卑斯的岩嶂。

这里接近奥地利边境了，景物相应地有了变化。蒜头式的教堂屋顶代替了哥特式尖塔，路旁每隔几步就竖着一座木雕圣像。这一带的姑娘们喜欢把头发梳成辫子，盘在头顶上。公路沿着灰褐色的峭岩迂回盘旋着，松涛作响，忽如狂笑，忽如哀啸。

公路由半山腰折下，吴深湖闪亮在山麓了。湖畔满是火焰般的秋叶，一道透明的绿溪淙淙注入湖中。溪上有百丈飞瀑自崖角悬下。山谷里是纵横的牛栏，低头吃草的牛群，项间的铃铛时而打破深谷的寂寥。穿过一道山脚，我们便来到德奥交界的名镇：加米施镇帕添加深村。一九三六年曾在此举行过奥林匹克冬季运动会。

我们住进一家旅馆，负责照顾的是一位匈牙利难妇：矮矮胖胖，穿着印花裤子，既利索又文雅。原来她丈夫是一名匈牙利军官，停战后一直还没有音讯。

战前，这是个时髦场所，屋顶低矮，壁上悬着水彩画、木雕和长犄角的鹿头，架子上陈列着铿亮的铜器。房中央是一个瓷盖的大暖炉。我们喝着奥地利葡萄酒，恍如身在维也纳。接着，又乘兴出去散步。

这个村子位于德奥之间的阿尔卑斯最高峰祖格士比斯脚下。这里四面环山，有两道关隘：一条便是我走过的通往慕尼黑的路，另一条通奥格斯堡。此刻，一轮明月正由千岩重岭丛中冉冉升起，把雪峰映得银光熠熠。路上，德国姑娘挽着美国兵呢呢喃喃，杂在人丛中还有刚下山的牛群。我们随了当啷啷的牛铃声，向村中心踱去。

走进一间红十字会专为军官开设的咖啡馆。这里还有土产可买。管理员是位瘦长的德国妇人，当垆女打扮得异常妖艳，谈起话来却十分忧郁。她们的家在苏占领区的萨克森，出征的男人至今下落不明。

邻座是一位身材魁梧、开始发福的英国上校，五十多岁，戴黑边眼镜。另有几个同伴，看看肩章，都是上尉级。他们同我的加利福尼亚朋友聊起摄影机零件，随后就各摆起“解放”（掠夺战利品）的成绩了。

上校口叼烟斗，一边喷云吐雾一边说：“从盟军诺曼底登陆到德军投降，我一共‘解放’了五十台康太克斯牌摄影机，替我儿子‘解放’了值八十英镑的邮票，为我太太‘解放’了五百码绸料和三百码呢料子。”

他谈到“解放”多少瓶酒时，我说：“上次在军需处买了一瓶威士忌，结果还被英国海关抽了一镑税。”

上校笑了笑说："你们记者毕竟没有专机可坐。"

接着，他大谈起"过关术"来，弄得他的下属很尴尬，就找个借口溜走了。

红十字会这个场所是为慰问军官而设的，大厅里可以跳舞——舞伴是不愁的。这里还有德国女人代修指甲，有艺术家代为剪影。整个欧洲眼下是这么划分的：有的替希魔背负着战败的枷锁，有的在品尝着胜利的果实。

次日我们乘电缆车登上祖格士比斯峰。两小时后，我们便到了万丈高峰之上，与云天为伍了。南德这片锦绣河山，成为胜利者美军的一笔犒赏了。电缆车经过加米施一段平原，爬到琵琶形的怡柏湖，后边就又挂上一台机车，前拉后推了。随着车的倾斜，耳朵嗡嗡发胀，电缆车驶入岩洞。出了洞口，便是山顶旅馆。几名身穿红色毛衣的德国彪形大汉，交抱着胳膊走来走去，看样子是在等人招呼。蓝色臂章上有"滑雪辅导员"字样。

这是全德——也许是整个欧洲的最高点。如果天晴，站在望远台上，北可远眺巴伐利亚平原，南边，奥地利可尽收眼底。可惜这天气象不佳。望远台上有个德国女孩在发愣，一问，是萨克省人。她父亲是一艘潜水艇的司令官，如今正囚在日本。

下山途中有一奇遇。一个二十四五岁的德国少妇见了我，抽冷子用地道的天津腔问道："是中国人吗？"原来她是天津出生的，父亲在该市做进出口生意。开战前她才随父回德，而且嫁了个纳粹党员。她解释说，她丈夫是开纸厂的。那时不入纳粹党，厂子保不住。如今，他在俘虏营里，她带着个娃娃，给美国中校开车。

她邀我晚上去她家喝杯酒，说还有那位中校。于是，我们就举着酒杯聊了一晚上的天津：小白楼，狗不理包子，什么都扯到了。

我们先喝的是德国黑水酒（Schwaz wasser），后来又开了香槟。中校喝得最猛。他倚在少妇怀里，断断续续地呢喃着："康太克斯厂已经复了工。专给美国复员军人生产，三十块美金一架……我吗，七十五点就够资格复员了，我他妈至少也有一百点了。可德国是我的天堂……巴伐利亚是我的天堂……加米施，我晓得这里每个女人的发色、眼珠……都有记录。"

戒严早就开始了。我也是一路歪歪斜斜地回的旅馆。早晨醒来，发现帽子还戴在头上。

法国已经解放一年多了，法郎却仍在贬值。可由纽伦堡到慕尼黑的车票，依然同战前一样。我们两人吃完饭，一算账，竟还不到两个马克。后来才知道这完全是对军人的特殊优待。事实上，在慕尼黑，凡是德国没有的东西，都买得到。咖啡每磅要一百二十马克，二十支一包的美国香烟要六十马克。

来到巴德特尔茨，眼看就要离开熟稔而物资丰富的美占领区，进入陌生而贫乏的法占领区了。在加油站，我们给吉普灌足了汽油，又带上几桶。在法占领区，再也别想加油了。

我们向法占领军联络官谈了我们要走的路线：离开德境后，先到奥地利的因斯布鲁克，然后穿过意大利北部，紧贴着瑞士边界西行，越过莱茵河，经弹丸小国列支敦士登和施特拉斯堡，直驱巴黎。

在美占领区，公路上过着各种车辆，宪兵的摩托车和军官兜风的吉普络绎不绝，入法境后，有时开上一个小时公路上也遇不到一辆。有些法国占领军的哨兵值勤时，连枪也不背上一支。

因斯布鲁克机场上，统共只停了四架蜻蜓般的轻型战斗机，然而三色国徽却触目皆是。屋顶、机身，都漆成三色，机场中央飘扬着胜利的三色旗。这里距离希特勒和他的黑哥儿们墨索里尼多次会晤的布伦内罗关隘只二十英里，自然也被炸得遍体鳞伤。军政府门前悬着法苏美英旗帜。街上行人寥寥无几，一位手指颤抖的老妪在摆摊，兜售黑麸面包。

吉普开上阿尔卑斯公路，两旁白杨的梢头直插蓝天。山脚下是多瑙河的支流，倒映着雪峰坡上的红叶。公路同因斯布鲁克河始终并行着。有时河身因山势阻挠，打个弯子，像捉迷藏似的不见了。转过山脚，它又闪亮在眼前了。山坡上密密麻麻长着玉米，一座蒜头形的拱顶教堂俯瞰着山谷里的和平村落。

走过一道漆成三色的关卡，法国哨兵粗暴地嚷："拿出你们的通行证来！"同伴用更粗暴的声音回答说："美利坚！"我听了，正自感到不舒服，那哨兵却不再索看证件，就向我们敬了个礼，放行了。在法占领区，偶尔还看到一些来自北非殖民地的摩尔人，头缠白布，腰系红带。看守意大利战俘营的，是来自亚洲的安南兵。战后的法兰西不但物资缺乏，人力必然也感到不足。

一阵军号声，我们的吉普又被警察拦住了去路。暮色苍茫中，只见街心圆场上，笔直地站着一群当地的男女老少，无精打采地望着圆场中央。旗杆顶上的三色旗这时正迎风徐缓地沿着旗杆降落下来。也不知法国占领当局的这种带有国家主义色彩的措施，在新一代德国人心中引起的是屈辱感，还是刺激着报复心。

我们下榻的旅馆老板原是在柏林开电车的。问起法占领军的政绩，他耸了耸肩说："打败了，还有什么好说的！"就在这当儿，几个法国人进来了。他赶紧神色不安地走开了，好像庆幸自己没说什么错话。

在酒吧间，一个矮胖的法国人要用法郎向我们兑换美元，没成交。接着，我们聊起政治来。那时贝当元帅正在受审。他问我们的看法，可没等我们开口，他就先发表了意见：

"当河水泛滥时，你不应责备那个想堵住而没成功的人。应该追究以前没筑好堤的家伙们，像布鲁姆，像达拉第……"

去车房把车开出时，旅伴发现他心爱的一支手枪不见了。再一查，军用干粮也少了两匣。原来拖车的合页被人撬开了。这位加利福尼亚人忍不住发了脾气，大声嚷着："美国军官要见警长，报告盗窃案。如果没人管，我要打电话给华盛顿了。”

警长正在吃着早餐。隔着窗口可以看见一个红光满面的中年胖子，臂上三道金箍。他无动于衷，正在呷着一大杯咖啡。

我们沿着康斯坦茨湖西行。由于看错了地图，两度闯到瑞士的门槛。中立国的面孔好严峻啊！没有入境签证，什么证件也白搭。旅伴去办交涉时，我被七八个孩童围起。这些都是没吃过战争苦头的娃娃，一个个脸蛋儿红得像苹果，吃得胖墩墩的。对我只表现了好奇（我也许是他们生平见到的第一个亚洲人），不像德国等地的儿童那样伸手要香烟，要口香糖。他们没遭过战祸，因而仍保持着人的尊严。

开入法境后，在田里干活的农妇们老远朝我们热情招手，孩子们追着要“巧克力”。穷是穷，但这里的人们脸上清楚地写着“自由”。

此时，西欧还有近两百万名美国军人，大都转战了两年以上。眼下交通工具不够，不能一下子都复员回国。司令部就抓紧这段时间，一方面分批组织人员参观游览，一方面大办“现役军人职业大学”，为复员后的日子做准备。

他们把瑞士分作四个游览区，可以任选一区，为期两周。所有护照手续以及交通住宿均由司令部代办，每人只需掏四十美元。除了“犒赏”，还有意识地增进士兵的知识。

我参观了一个接待中心，是借用一座法国兵营办的。纳粹时期，这里也曾做过集中营。地方像个风雨操场，足可容八千人。里边设有“剧场”“餐厅”等。楼房用木板隔开，另有“修补军装部”“修指甲部”“理发室”“啤酒馆”等，一切都是免费招待。服务员均着绿色军装，背后印着两个大写字母：PW（战俘）。墙上有告示说：“服侍你的都是俘虏，请不要付小费，不要赠送礼品，也不要向他们道谢！”

于是，昨天还驾了飞机、开着坦克侵入别国领土的德国军官，如今也许正戴上顶针，俯首在为芝加哥或纽约来的征服者补起裤子。

胜利者与战败者就是这样截然分明。

战俘的另一定义，大概就是不需付酬的劳力。吃早餐的时候，连我一共才五个军官，却有十几名年轻力壮的战俘在毕恭毕敬地侍候。说修理一下吉普再灌汽油，五六名原工程兵的战俘立刻各持工具，一拥而上。我看到战俘吃的面包是黑色的，他们上的茅厕是砖砌的。

离开米卢兹不久，便望到那带有自我讽刺意味的马其诺战壕了。通往巴黎的十九号公路已被重型坦克践踏得不成样子了，沿途一车车地过着德国战俘。我想起美军《花旗报》上的一段话：

法国当局因缺乏劳力，不断向美占领区索要战俘。一开口就是一百五十万名。送去后，法国又没有粮食供应。于是，美国又根据租借法案拨给粮食。但是法国当局并未把那粮食全部用于德国战俘，以致俘虏营中病亡人数与日俱增。

美国红十字会为此向法国当局提出抗议，因为那些战俘是从美占领区拨过去的。

过马恩河时，见岸边一家吉普赛人正在帐篷外烧火做饭。这个无领土无国籍的游荡民族，倒似乎是今日欧洲最无忧无虑的幸运者。此时，天色已暮，乌鸦轰然由田里飞起。远林蒙着一层薄雾。树林后，月牙儿徐升，清光照遍树丛，也照在美军阵亡将士的墓地上。白石嶙峋，一望无际。

在塞纳河畔的古城特鲁瓦过了一夜。次晨去消防队，撩着太平桶里的水洗了个脸。解放了十四个月后，邻近巴黎的这座省城连苦水每天也只限供几个小时。

战争啊，战争！只为了一小撮野心家妄想称霸，就害得千家万户陪着遭殃。

一九四五年岁末，我收到胡霖先生一封信，开头是对我这个时期工作的肯定与表扬，并向我解释我拍回的大批电讯中，由于怕刺激当局，一小部分未能刊出。也有的刊出后引起过一些麻烦，例如当时驻渝的波兰大使就曾对我写的一篇关于波兰局势的报道提出过抗议。但胡社长认为记者就应根据事实去写，信中并没有责备我之意。信尾，他以商量的口吻提出，想在一九四六年尽早把我调回报馆设在上海的总管理处，问我个人的意向。

现在回顾此事，我认为倘若我再拖两三年，等中国上空的尘埃落得差不多了再回国，情势会大大不同。自己是个不带地图的旅人，站在旋涡之外，还略能看得更清楚些。当时有格温在身边，我在国内没有亲人可奔，而战后在东西欧又大有可以报道的，对国内也会有借鉴的价值。那样，我个人的命运也会好些。

然而去国七年，我太想“家”了。我恨不得插翅立即飞回去。我在回信中，对老板的建议表示了毫无保留的同意，并答应随时准备办理移交。

接着，报馆老板又来一信，要我离英之前，到瑞士跑一趟。这也正合我意。我一直想去免于战祸的一个中立国访问一下。葡萄牙和瑞典固然也有一定的吸引力，但是我更为向往瑞士。从慕尼黑出发，十八天之内我两度叩过瑞士的大门，都没能进去。我想看看：没有挨过轰炸，没有实行过配给和战时禁令，跳出爱与恨、友与敌的界限，立在斗争圈外，独自不偏不倚地掌着舵，隔岸观火，坐山观虎斗，究竟是怎样一种滋味。

因此，瑞士之行是我向欧洲的告别旅行，也是继英国大选之后，我对西方民主政治的又一次体验。

我走访了首都伯尔尼和北部名城巴塞尔，在雷梦湖畔的和平废宫日内瓦以及曾经作为托尔斯泰一篇小说背景的卢塞恩各盘桓数日，深深为瑞士秀丽的山水所陶醉。阿尔卑斯岭横过瑞士的那段，大都巍峨奇峻，山下遍是湖沼。雷梦湖弯曲如弓鞋，苏黎世湖细长若锦带。有的湖中套湖，像洛加诺湖就仿佛玉环般地套着意大利的马乔利湖。山间还常有冰河，阳光映在雪坡上，现出层级的痕影。

我还去了靠近意大利边境的卢加诺，也登上了阿尔卑斯山三巨峰之一的少女峰。

一边游山玩水，脑子里一边始终转着一个问题：由三个截然不同的民族、四个语种和两种宗教组成的瑞士，为什么能相安无事，团结得这样好，治理得如此井井有条呢？百年来他们既无外患也无内忧。可论资源，它贫乏得仅仅比撒哈拉大沙漠强一些。是个重工业国家，可是既不出钢铁，也没有石油；它所产的煤只比黄土颜色深一些。论交通运输，它既不临大西洋，也不靠近地中海，是个随时可以遭到邻国封锁的内陆国家。然而它的工业极为发达，伦敦北部的电动火车是苏黎世造的，剑桥和巴黎的原子分裂机也是向瑞士订制的。至于以钟表为首的轻工业品，更是遐迩驰名。瑞世人固然有勤劳和工作认真的美德，但那显然不是他们成功的全部因素。

两周的访问，我时刻在寻觅着这答案。

我发现在瑞士几乎家家都有杆来复枪，男人都服过兵役，然而全国职业兵却少到微不足道。这样，既减轻了人民的负担，又避免产生武人阶级。

我还发现瑞士总统并没有罗斯福、丘吉尔或蒋介石那么大权柄。他得绝对听命于议会，而那个议会又是全国二十五个省议会所组成的。至今，省议会的选举还像中古时代那样，在露天举行。

这个小国还是以国联为首的许多国际和平组织的所在地。瑞士处在战争圈之外，可日内瓦的万国红十字会在六年欧战中，曾为双方被俘人员传递了五千万封家书，分配了近亿件慰问包裹。在他们登记室的卡片匣里，有五千万张卡片，上面记录着战俘的转移、踪迹或死亡记录。数百名女工作人员（有领薪的，也有尽义务的）每日都在登记或查找着卡片。我随手翻了一下卡片匣，每张寥寥数行，都是一篇酸心史：

汉堡上空击落，死于军医院。

在贝尔森集中营患肺结核，旋即不救。

中国在亚洲组中仅占一角，死亡者大多是英美沉船上的海员。

在瑞士，很少看见警察巡逻。这不能不归功于教育的发达。他们有七家大学，四百种报纸。这是大思想家卢梭及心理分析家荣格的故乡。它曾吸引众多的欧洲学者，德国哲学家尼采、法国评论家圣勃夫都曾来此讲过学。但瑞士把教育重点放在中小学上，所以它是地球上文盲消灭得最彻底的国家。

在苏黎世开往日内瓦的二等火车上，我同对座的一位中年人聊了阵天。他顺口讲出许多数字，我很吃惊他对瑞士经济情况那么谙熟。及至他在伯尔尼下车，我才知道他原来是粮食部长。据说一个来瑞士度假的美国兵在一辆电车上大谈美国如何民主，人们随时可以进白宫去见总统。那个瑞士人只说，在瑞士，总统和平民没有界限。

“你见过你们总统吗？”美国兵有点不服气地问。

“我就是。”

我不大相信这个故事，可驻瑞士的中国使馆里的朋友告诉我，那里的总统确实乘电车去上班。

选自《萧乾全集 · 生活回忆录》，湖北人民出版社二〇〇五年十月版

滇缅路开放之前

四月里，记者在剑桥听完那场《英国应否援助中国抗日》的辩论后，归途，一边在灯火管制下这座大学城的中古小巷兀自走着，一边叹息着：每个人在世上都有好朋友，唯独国家的好朋友只有自己！七月中旬在威尔士西岸游历时，读到了痛心的消息：千万人的血汗筑成的滇缅路，仅仅为了“减少帝国局势之紧张”，就被封闭了。当时英国舆论界的确哗然。但舆论终归只是叫嚷而已。鸦片战争前夕，英国议会何尝不曾热烈地辩论过？丘吉尔在下院还堂哉皇哉地说：“如果吾人同意永久封闭该路，则无异失信于一中立友邦。”《曼彻斯特卫报》在社论中说：“吾人封闭该路三个月，亦即失信三月之久。”七八月全英商人如何反对暂时不去提它，国人所关心的，一是这个月中，该路究竟封闭到什么程度？二是三个月后还有重开的希望否？这也正是记者赶回伦敦后，探访的目标。

救护队汽油

虽然此间援华会严词要求“立即无条件开放滇缅路”，这希望显然不大。目前进行的是救护用品的运输问题。八月十九日援华会代表团维可托·高朗西（援华会主席、左翼读书会主席）、玛芝丽·弗雷（副主席）、多洛西·乌德曼（秘书）及杨格四人往访英国外交部常次白特勒，交涉准许红十字会药品及汽油先行通过。那位常次竟诉了一大通政府的苦衷，以及如何不便开罪日本的大道理，甚至还说日本目前在海运上实行助英抗德政策，英国自难措置。苏联对华积极态度极为明显，不必征询（因为塔斯社已正式否认英曾向苏联征询过）。好在苏联注意力正集中在北欧，谅吾人之决定不至影响英苏邦交。美国对大西洋关切至殷，对于英国封锁事虽不赞成，但也绝不至于妨碍英美合作大局。最后谈到救护药品，他说这个不在禁运之列。但代表团力争说，如果有了药品而无汽油仍无法输送，势必堆积在那里。外交部常次说，救护队汽油问题，签约时未及提出。事后曾向日方接洽两次，迄无回音。他答应立即请日使答复。

关于汽油，中间也有个数量问题，是只够运到昆明，还是足够运到前线。如不是运到前线，救护品依然不能发挥效力。

八月二十八日，曾代表我国出席日内瓦万国红十字会的郭秉文博士，又偕田伯烈先生同访万国红十字会驻伦敦办事处，要求他们以国际救护组织名义，督促英外交部准许运输药品及汽油过境。直到记者执笔时，还不知日方对英国是如何答复的。

加拿大同意吗?

一个事实是很明显的。这种不义的短期出卖公布之前所散布的空气（仿佛英国已同各国研究过此事），都仅是空气而已。莫斯科否认曾被征询过，美国朝野的愤慨和继之以对日初步禁运，都说明七月初散布的空气完全是虚伪的。而最重要的是唐宁街十号所宣称已“征询过帝国诸自治领之同意”语，也是毫无根据的搪塞词。自治领中最大者当然是加拿大。试看七月三十一日加拿大下院辩论的记录，加拿大首相坦然承认关于滇缅路之封闭，事先并未征询加政府的意见。加拿大政府也始终未表示过意见，未加批评。辩论最紧张的一段是议员考尔维尔指责加拿大政府一任日人操纵提德瓦特地区之矿业，温哥华之鲁易士矿务公司及其他有关加拿大国际之企业，并将超龄军舰作废铁售予日本。最后说：“我深信妥协主义仍潜伏在丘吉尔首相内阁中。”首相说：“足下愿见英日宣战吗？”议员答说：“不，我不愿见英日宣战。如首相允许，我可以说我所愿见者为何。我愿见加拿大停止助日侵华。”首相说：“加拿大从未这么做过。”

政治家的伟大处在于能硬了头皮撒谎。去年加拿大废铁出口是一百八十万元，而售给日本占五十余万元。自中日战以来，加对日出口较平时增加整整五十倍，而前年矿业红利增至五千八百万元。

加拿大政府为自己解嘲的口实是：如果加拿大不直接对日贸易，美国的主顾亦必转售渔利。

重开的因素

至于三个月后滇缅路能否重新开放问题，记者分访各方，结论都只是一个：须看整个局势的演变。一是假定英军事能至低维持目前的僵局，二是看英美及英苏关系的变化。昨天刚公布的英借美以海空军基地，美让英以驱逐舰五十艘，一般人预测此举将加强美在远东的实力，也即是滇缅路的前途增加了一重可喜的因素。而即将举行的澳洲选举亦极值得注意。在野的工党坚决拒绝与日妥协。记者前天在援华会聚餐会席上得晤澳妇女选民联合会主席里斯倍兹大人，据她观察，工党胜利的把握在六成以上。

日前援华会正联合全英民众，签名请求"立即开放滇缅路"。现已收到数万签名，其中包括名作家如威尔斯、普里斯特利等各界名流。但前国联调查团主席李顿爵士却复函拒绝签名，他认为政府的困难是实际的。

记者走访郭泰祺大使。他认为：（一）英驻日大使报告中似把远东局势渲染得过火些，事实并未演到日本可能对英宣战的地步。（二）英军事虽进入最严重之阶段，而英全国民众则对此事一致反对，舆论界对我表示极端同情，实为可感。（三）大使虽不敢确言三个月后即可恢复原状，但深信滇缅路绝无永远封闭之理。甚至滇缅铁路之修筑，亦无绝望之理。（四）经此教训，大使愿国人益知唯自力更生，抗战前途方有把握。外力可利用而不可倚靠。

一九四〇年六月六日于伦敦

原载一九四〇年十月十七日香港《大公报》

[作者按]

一九四〇年，当东南沿海各省相继陷落后，滇缅公路成为我国与外界唯一的通道。是年七月十八日，英国首相丘吉尔为了保全其在远东的既得利益，悍然与日本侵略者签订了封锁滇缅公路的协定，对我抗战极为不利。但是英国这一不义之举并没能改变其帝国在远东的命运。香港沦陷后，滇缅公路重新开放了。此文描述滇缅公路封锁期间，英国朝野的一些动态，从而可以看到所谓信义只是民间的事，政府在关键时刻，讲的只是利害而且往往只是眼前的利害。从此文还可清楚地看到当年中国人民的命运，是如何操纵在强国手里的。

选自《萧乾全集·特写卷》，湖北人民出版社二〇〇五年十月版

纽伦堡访狱

十月九日　离开威城

由威斯巴顿（美占领区的西界）到东南德的纽伦堡，共约三百公里。晨九时送我东行的吉普车便到了旅馆门口。开车的下士紧紧催着我走，说他今天还得赶回来，晚上七点在邮政总局台阶上和一位金发女郎有约会。原想在威城里绕一下，向青田朋友道个别，并南折看看新开张的海德堡大学，但经他一央求，只好登车直驱纽城。

吉普一路平均每小时五六十里飞驰着，滑过金黄的南德农田，穿过无数阴飒飒的森林。山影斜印在麦浪上，抖擞着，牛羊徘徊在干草堆丛中。田里偶尔有新释放的德俘虏，行囊背在绿色的陆军制服上，无目的地向四下张望着。山头时有倾圮的古堡，记载着封建时代欧洲的战史。最动人的莫如沃兹堡城的古堡：崖下是蓝蓝的梅因河，背后是层层远山屏围着。褐灰色的古堡坚实地盘踞在崖壁半腰，堡身遍是孔痕，述说着它的战绩。河上的石桥，正是乌兹堡的通衢，簇拥着车马行人。

德国的公路的确已充满了美国色彩。杂在“斜坡”

“拐弯”等路标之间的是“耶稣救我”一类虔诚警句。一点左右，我们望到了纽伦堡的近郊。城中的古建筑逐渐出现在天际线上。

在所有欧洲城市里，独纽伦堡令我想念北平。不仅是那犬齿的城墙，环墙的护城河，沿河的垂杨柳，而是它那份空气，古老得有如一本中古的牛皮卷册，只是今日这卷册已为英美轰炸机扯得稀碎，每个城都有两段历史。有张勋复辟、段祺瑞屠杀学生的北平，也有文物荟萃的北平。纽伦堡尤其这样。是这里年年开的纳粹党会，万人同声，扬起右手嚷着“致敬，元首！”带了卐字章的前锋队，挺着步伐由这古老街市走过，然后，像古罗马帝王般，希特勒由走廊向狂众大声嚷起：杀犹太人，铲除异己，扩大领土。但也是在纽伦堡，五百年来，大画家杜瑞（Durer），大雕刻家威施（Vischer）完成他们大部的巨制；这里是中古诗人的会集所，历代帝王都有所建设。

今日呢，行人络绎到纽伦堡，既不是来看文物（得在碎砖堆里去捡），也不是来吃姜汁面包——纽伦堡驰名的点心，还是看十字军由近东归来的遗迹。纽伦堡今日是举世瞩目的中心，因为它关锁着二十三名就网的纳粹党魁，德海陆空总司令，外交财政部长（只有希特勒自杀，包曼在逃）。纽伦堡这古城在国际法和世界历史上将有其特殊（虽然并不辉煌）的地位。因为这是一番空前创举，置蹂躏全欧十年于兹的暴徒于一炉，不凭拷打私刑，要审判其罪迹。

因此，美军当局在这里预备了规模最大的记者营，足容三四百人。地点便在世界铅笔大王法伯氏的堡垒别墅里，距纽伦堡城约二三里，在史坦因的村边上。

堡垒后面，住有一批国社党前锋队的俘虏，饭后归途，正看到这批人排队，有的被俘虏时正穿着皮大氅，有的正穿了破军装，如今都保持着原来不同的衣着。腰间个个挂着个铁盒，是吃饭用的。有的眼里还冒着凶光，有的为苦难羞耻已磨炼得无精打采，机警的捡到些烟头，便神气地吸了起来。正吸着，一辆汽车突然驰入，车门一推，一位专管俘虏的上校，陪了一位少将来了。上校细长，因而少将愈显得短胖了。少将下车，雪茄夹在指间，说:“喊他们敬礼！喊他们敬礼！”上校跑过来气愤愤地对俘虏用德文嚷:“敬礼！”俘虏稍微把斜腿直了直，手往肩头挥了下，有的咯咯笑着，有的怒视着，少将却早已跨进堡垒大门里去了。

晚上为了一观纽伦堡著名的歌剧院，我被一辆运兵车载进城去。落日余晖洒在纽城墙垛上。一行垂杨柳的护城河畔，我望到一个美国黑人兵正同一德女挽臂而走。银幕上看到过 March of The Times 制的美国解役问题，如何使出过门的美国黑人回去仍甘受歧视这一严重问题，该片却未提及。

如所有美区的完整巨厦，歌剧院门外也大大悬了美国红十字会的旗帜。进门走廊壁上挂的尽是十八世纪以前大手笔的油画。美国士兵嚼着口香糖走来走去。

歌剧院的外观稍受损毁，里面却幸没有伤痕。红绒的坐垫，金漆的椅背。仰首，布满了细致塑像的天花板上悬有千盏垂灯。当年坐了轻摇鹅毛扇的贵族和皇家包厢里，如今是一簇由米西根或包斯顿来的美利坚鲁汉。绣幕一拉，不是出古典歌剧，而是十四位美国女郎，连奏带叫喊，又热又浓的爵士乐队。

十月十日　公审之前

昨晚寝前看美军的《花旗报》，看到国共开火的消息。今晨，睁眼一算，一年一度又双十了，但心下并不怎么喜庆。仰卧在白瓷大澡盆里历数着懂事以来的双十，非“三一八”即“九一八”，要不“一·二八”；非直奉即直皖战争，要不就水旱灾，以至八年前大难来临。想来中国人民命里灾难还没受够。可怜我这一代的同年！新的抗战中生长的青年会创造他们自己的前途。五六十岁的人们至少还有旧学的根基在，旧的记忆在，安定的社会即使陈腐也仍不失为一个社会。我们这一代经过的却是无止息的动乱时代。那即是说，旧的一切不存在了，新的还未完全脱胎，苦闷莫如蹲在胎里打跟斗。今天天安门示威，明天东车站卧轨。英国两百年前结束了内战，美国一百年前南北也合了一。苏联的空前社会革命也已安定下来喘气，战前早已是有秩序的社会了，因而科学艺术得以发扬。五年动乱对一民族是一兴奋剂，十年继续的不安定，对一社会已不健康了，而中国由庚子以来，哪会平息过五年？原子弹也不是凭空掉下的。它需要一个教育发达，工业进步，有秩序有基础的社会。但望有一天，双十真是国庆。也盼望那时原子弹和其他新法宝还没把地球消灭，世界还等我们！

和自己发完牢骚，水也凉了。吃过早餐，我在铅笔大王的花园里散步。阳光照得树叶分外金黄，南迁的鸟群在林中吟着。幽径尽头便是法伯铅笔工厂的巨厦。为利用水力，厂盖在瑞奈兹河岸上。岸上是山积的木料。该厂曾经专营西伯利亚东部的铅矿，在美国佛罗里达省自有杉林，世界大城都有分号。法伯家由十八世纪初叶代代世袭家业，到了一九〇三年绝了男种，现在是由最后一辈的出嫁孙女来承袭。婆家姓亚历山大。

找到了吉普，我进城看战犯去了。吉普停在监狱门外，我向卫兵递名片，他指我到隔壁审判厅去索入门证。原来二十三名纳粹巨头都关在一边，将来开审便在紧邻的法院里。搭讪着问卫兵他看见过戈林没有，他无表情地说：“那浑蛋！他瘦了。烟可还没断。”

要入门证可不容易。我交出所有军事的证明文件，负责的上校还得打电话给记者营，要他们保证我。经过若干时间，上校才在入门证上签了个字，然后陪我一道出去。

经过多少道门，我们走出了法院，从此，步步都是卫兵了。沿监狱的院墙，是用木板新钉成的一条走廊，由狱门口直达法院。这是为避免传战犯时引人注意。但这时走廊还未完成，由空隙我可看见三个犯人在天井里背了手散步，算是每天二十分钟的放风。怎样不舒服的散步！每个犯人后面是一个持枪的卫兵。

上校告诉我，这里战犯大小待遇一律，都是囚在六英尺宽十二英尺长的狱室里，每室有铁床一张，上有一条草垫，小桌一张、直背椅一把、抽水马桶一个。唯一奢侈是有军队理发匠每天替他们剃胡子，这是怕他们用剃刀自杀。上校说，他最重要的工作是防他们自杀。（这时我们已走到狱门口，上了台阶，他说："你可以由门洞看一眼。"）他指我看这三层的高狱，所有楼梯上面都另用铁丝网罩起，以防囚犯跳楼。每层楼南北都是一串狱室，小小灰门上是一块块方玻璃，卫兵往来逡巡。玻璃上面是一块白纸，上书战犯姓名及号数。这里是霸占全欧的二十三名罪魁，捉拿打杀犹太人的屠手，蹂躏波兰的统帅，征奥的前锋，奴隶工役的征调人。有的是在荒村就捕的，有的是在澡堂捉到的，如今都坐等十一月二十九日，由英、法、美、苏四国法官开堂公审。我问上校可否访问战犯之一，上校说使不得，平常连狱门都不准记者伸头的。问他为什么，说四国这次公审战犯，一切做得要使德国人民由衷佩服。战犯未审前作好奇的对象，是有失司法尊严的。

辞出后，我赶回取行李好搭赴慕尼黑的飞机。到了机场，才听说我应乘的那架飞机迟了两小时半还没到，恐怕已出了事。于是顺便为了尝尝今日德国交通实况，我喊车夫开到火车站去。

原载一九四五年十二月十日至十一日重庆《大公报》，收入《南德的暮秋》，上海文化生活出版社一九四六年三月版

仆仆风尘到慕尼黑

女裁缝自述

“中国先生，这是去慕尼黑的车站。车迟到是常事，比不得以前，恢复了火车已经好不容易了。”（一个年纪在三十五岁以上，削长的脸，淡蓝色眼珠的女人，由人丛中抢着用德腔的英语回答我。）“我怎么会说英文的？不瞒先生说，我的未婚夫是美国少校。在温吞堡和巴伐利亚省，英语在中学里是必修科，连希特勒都没改过。我吗？我是在纽伦堡开裁缝店的。我用过十多个帮手。我同我母亲原有一所大宅子，现在可全完了，炸得快光了。我们有过两个听差的，现在我得自己去买菜，有时甚而自己去捡柴。德国今日可住不得了。没人伺候，要什么没什么，我是决心上美国去了。可怜的德意志呀！啊，一直到开战那年八月，我还陪我母亲在冰岛的斯波林根避暑，轰的一声……”（忽然站台上伫立了一小时半的人们兴奋起来了，哗然起来。清早由法兰克福出发的火车，喘着气居然到了纽伦堡站，好像是武汉撤退前的情景，人堆在人肩上，箱笼包裹也堆在人头上，齐向车门挤去。行李少身腰细的，甚而猴子般爬上车窗去。好容易，在车门外挤到一席空隙，环顾，女裁缝也挤上来了，两个穿了绿色陆军服装的德国人由下面托了她上来，她龇着长短不齐的牙向我笑了笑，妇人的唇上还长着颇厚的髭毛。）

“嘿，真是受罪。我上慕尼黑干嘛去？答应你不笑话我，先生，我是去找一位会相面的妇人。也许她被炸死了，也许她搬了家，但一九三八年，我在纽伦堡罗森街住得好好的，她说，不出五年，我一定得搬家。我当时绝不相信。后来，英美轰炸机飞来了。果然，我的家炸着了，我搬到市方场去。她又预卜我将嫁一个说外国话的人。她真灵。我要找到她，问她，撒姆少校究竟是已婚的不是？我果真命里有运当欧克勒哈马省的公民不？请想，我不知道撒姆少校家里究竟有些什么人，甚而不知道他住在什么城里。欧克勒哈马省大吗？我若是写给‘撒姆少校，欧克勒哈马省邮政局长转’，你想他会收得到吗？从一九三九年起，我没爱过谁。我规规矩矩做我的裁缝买卖。我对男人寒了心。撒姆少校偏来了。哦，若是他这回骗了我，我再也不会爱谁了。我等着他等到死。先生，你想他会骗我吗？他对我那么好，口口声声说他一定要娶我，并且说，如果美国政府不许我入境，他会投效善后救济总署来德国，一直等到我能同去美国。他不必这么满口答应的。他是战胜国的军人。他要什么我得给什么。我给了。先生，他的话会是假的吗？

“撒姆少校是三个月以前到我店铺里的。他说，他要买一台莱卡照相机。我说，这店铺只卖衣服，而且只卖女人衣服，甚至连女人衣服也没卖了。他听了一声不语的就走出去了。他并不像另一个美国兵，在纽伦堡刚陷落时，用枪逼着我同他睡觉。撒姆少校同别的人全不一样，我所以追出去，他正失望地走出。我说，少校，你留个住址，如果有莱卡可买，我一定告诉你。没几天，一个老主顾来我店铺。我托他打听到黑市的门路。不出十天，我问出了价码：一千支美国烟卷。我赶紧照住址去找少校。借了一辆旧脚踏车，我骑了五小时，受了多少次 MP（宪兵）盘问，才到了少校兵营。一问，一位叫海内门的少校说撒姆出去了。等我一留话的时候，海内门睁大了眼睛说：'真有莱卡，你给我买下吧！我另给你一百支香烟作酬。'我说不成。原是答应给撒姆少校的，不能骗他。正说着，撒姆少校刚好回来了。他先听我说骑了五小时车来送信儿，他已经感激得很了。一听说我不收贿赂，他抓紧了我说：'哦，你真是一个不凡的女人，那么忠实！'他像小孩一般跳起来了。

"他带了香烟取莱卡那天，便住在我那儿。他抢着帮我洗家伙。他对我母亲说：欧克勒哈马是怎样伟大的一省，又转来问我：你想看看去吗？我听了当时不信。可是有一天，他在我床底下拾到了一个军装纽扣。他气得话都说不出来了。他逼问我：哪个军官到这儿来的？我发誓说没有。六年来没男人进过我的卧房，除了他。但是撒姆少校不信。他咒着我，说一切都完了。忽然我一半为安慰他，我扯了扯他的领子，发现一个纽子掉了。我指给他看。他服了，他像小孩子般跳起来说：‘我的天使，我的宝贝！这浑蛋仗已打完了，我们到欧克勒哈马省开铺子去。’我说我愿意给他生一个像他的孩子。他听了一定不肯。他知道我已经三十六岁了，说生孩子一定对我危险。——他才二十六岁。他为什么偏爱我，我可不明白，他说：在我以前，他有过一个波兰姑娘，才十九岁。天天要他买东买西。他说一有了我，谁也不要了。

“于是，我们互相忏悔起来。一九三九年我有过一个男朋友。有一晚上他送我回家。我刚下车，一个黑影钻进他汽车里去了。我发现他同时有三个女人。我和他吹了。撒姆少校也说，他有一个女朋友，有一回他的女朋友向他借汽车用。回来时，他在车上发现了许多男人痕迹。他问那女朋友：你同男人上德克萨斯省去了是不是？女人否认，结果证据拿出，他们便吹了。我们俩同时上过别人当的人，绝不会彼此给当上的吧！

“但是有一天，海内门少校遇见我，警告我说，撒姆少校家里有太太的。我说如果有，他会告诉我的。海内门少校哈哈大笑说：所有当兵的都惯于撒谎。我听了不信，可心里老不舒服。一见了少校，我就说：所有当兵的都惯于撒谎。少校怨愤愤地问我说的是什么话，我告诉他后，他说，你信不得海内门少校的。他没买着莱卡，他还不死心。

“可是，上礼拜五，撒姆少校突然到店铺里，说他得马上回美国，连行李都得随后运。他跳进铺子里，狠狠吻了我一顿，便又跳出去了。我追他不上，赶紧借了辆自行车，骑到他兵营，他们说他已经上飞机场了。我问站岗的哨兵可知道撒姆少校家里有太太没有，他们不知道，然后又讥讽地问：他有没有与你有什么干系？我向军官要他的家乡住址，他（大约是中校）说美国人的住址不能随便给德国人。先生，你说撒姆少校会回来吗？他能是有了太太的人吗？我真盼着那位相命的太太还在慕尼黑——但是，如果她说，撒姆少校是结了婚的，我可怎么好呢？”

这时，火车穿过多森林的巴伐利亚平原，跨过了由匈奥蜿蜒而来的多瑙河。天色已近黄昏，一个刚由俘虏营中释放出的下士正在讲着笑话（他的家小可还在苏联占领区里，渺无音讯）。笑话大都是讽刺美国当局或鄙夷苏联的。如同：俄国兵在德国见了手表便要，有一回一批难民到了，其中一个妇人戴了只极破的表，苏联哨兵挽开自己袖子，露出一只金表来。他抱怨说他的金表不走了，一定要跟妇人换。妇人把破而走的表交出。逃开几步，她上上弦，金表便走起来了。讽刺美国占领军的：一个人往见天神，问天神那一百万加仑的啤酒叫什么，天神说：“不过一滴而已。”于是这人指了千万干渴的群众说：“天神，请把一滴水分给这些人。”天神说：“你稍等一分钟！”

暴徒发祥地

在慕尼黑车站旁专接待军人过客的Excelsior旅馆安息了一夜，才把纽伦堡到慕尼黑那段火车的疲劳歇过来（女裁缝昨夜恐怕得找个防空壕去睡，她的逼问仍嗡嗡在耳）。早饭桌上遇到一美国海军摄影员。他有吉普，后面还挂了辆货车，内有干粮、汽油、帐幕。他刚由北欧旅行回来，很愿意有个旅伴。是加利福尼亚省人，所以对中国人尤其亲切。于是，就结了伴。我本打算行程由记者营定，但这美国朋友的途程广泛而且恰合我的理想：遍游美法占领区，然后直趋巴黎，扑回伦敦。我未来十天的行程，便在喝着麦片粥吃着熏鱼吐司之际决定了。

慕尼黑是全德第四大城，而被炸的惨状也恰与那相等。比起柏林，甚而纽伦堡来，古迹还有些存在。这是当年巴伐利亚邦的首都，从十三世纪鲁易侯爵以来，尤其到了鲁德维格第二，历代帝王都苦心孤诣地装饰这依栖在哀撒河两岸的古郡。吉普穿行狭窄的中古街巷，只要马路没为残砖堵住，每一拐弯必是一份建筑的惊讶：市政府楼外雕满了人像，圣马可教堂代表着文艺复兴时代建筑的极峰，新式马路由古堡的洞门穿过，桥下是银链般的哀撒河。说现代轰炸能选择目标是瞎扯。市立图书馆和职业学校已炸得粉碎了，而希特勒聚党崛起的酒馆却仅受轻伤。

啤酒馆由街外看，酷似一不景气的堆栈。洋灰的门墙上写着 Burger Bran Keller，生了锈的铁门严闭着。由铁门空隙巴望，只见三十多个战囚正在锯庭院的树，靠右角的一座楼已炸光了。看情形大半是烧光了的，几百只铁椅焦灼粉碎得有如一堆面条。我们喊做工的战囚给打开门，停下车，先走到当年国社党的书记室去。那里，正有一群德妇替美国红十字会做点心。就着杯咖啡吃了一块，觉得历史真是在开玩笑。但还有更妙的呢，隔壁纳粹党开大会的礼堂（一九四〇年希特勒几乎被暗杀了的地方），如今已改装为美国式的体育馆，预备打室内排球用。是这里，希氏于一九二三年宣布“国家革命”的。国社党的正牌摇篮实在是靠里首的大餐间。门内写着：“为巴伐利亚的义气与巴伐利亚的酒”，颇有梁山泊之风，墙上的壁画依稀可见，地板上可已狼狈不堪了。绕道到存啤酒的地窖里去，一只手摇的升降机上写着“只限二百基罗，不准带人”。一个正在搬运啤酒桶的工人说，这啤酒馆已经有了一百多年历史，如今只好在别处另起炉灶了。

慕尼黑第二个政治“古”迹自然是一九三八年张伯伦和达拉第上当，慕尼黑废纸签字的地方。心理学家说人类的记忆是选择的，真有道理。不知是有意无意，我们沿途向行人警察打听勃朗尼楼，他们不是摇头便东指西指。转了好半天，才转到一座大理石铺成的广大方场。方场两边都有巨大牌坊，壁上是拢起翅膀的鹰徽。一个行人指着遥遥一希腊建筑，我们便开车趋近。楼已炸光了，台阶上瞌睡着一老人。他告诉我们这曾经是雕刻博物馆，是鲁德维格二世盖的。对面同样的建筑（也同样炸光了的）是绘画博物馆。我们于是踏了山积残砖，逛起博物馆来。老人一面指着门内一防空洞说，只差几分钟，他便可能与博物馆共亡。这馆役说，一切在五分钟内，仅三个炸弹，便完全光了。他指给我们残堆里一片浮雕说，这是希腊的，那堆里又露出一片巴比伦的雕刻来。其实，我们脚下踩过的，不是大理石的臂腿，便是肩头首级。这不是好逛的地方。真好像来扫全欧文明的坟墓。

勃朗尼楼原来就在旁边。楼窗已大半炸破，楼身却还安在。顶上飘着美国旗，说明它已被征用了。

但最痛心的是答可哈集中营的"参观"。答可哈是慕尼黑以西五英里的一个市镇。德国遍地是集中营，不过答可哈的规模最大，刑具最全备，所以名气也比怖痕屋及比尔森尤大。另外使它著名的是因为国际舞台名角如法国前总理布鲁姆、达拉第，奥前总理舒斯尼格，以及德国反希的尼姆勒牧师都曾在此作囚。所以天气虽不早了，我们仍决定访一访这人间地狱的遗址。

真不可相信：由答可哈镇外看，那是一安详和平的小村，平原四达，炊烟徐升，谁能相信在这小村镇中间藏有屠杀了千万无辜生灵的地狱呢？谁又能相信同是父母所生的人，能残忍到这般地步呢？而曾几何时，当年掌屠刀的狱吏，谁又料到却成为今日的笼中囚呢？我一向不信因果报应，但今番大战实不啻一本《太上感应篇》，只怕这本圣书仍是“待续”的。贪婪残忍并非希氏一人的专长。唯一可告慰的是中国有私刑、有暗杀，却还没有这么有系统的大地方，也默祝中国永远没有！

德国什么都大。柏林市中心牌坊南北的街长得可畏，宽得可畏，壮巍得可畏。希特勒的宴会厅容得过千客人。而德国的集中营也得乘了汽车来参观，领导我们的是曾囚此数载的波兰人，被折磨得人已无血色，声音微弱得几乎听不见，而眼睛总望着地下，端着肩，拱了腰，偶一抬头，眼色里包蕴着无数可怕的回忆。参观了这地方后的人，出来必做噩梦多日，对德国人必恨下几分。但我牢记着，被残害的，也以德国人为大多数。仅为避免集中营的产生，民主政治也是值得争取的。因为有独裁制度必得有排除异己的措施。否则独裁必站不稳。纯由后者着想，集中营实为最简便、最经济、最当然的消极行政机关！

除了卫兵住所外，集中营是分为两部，中以铁丝网隔起，网上有德文标牌：“此网通有三百五十瓦特电流，小心勿近！”网外又有河沟。沟上四角有瞭望台，窗口有远射灯及机枪位。网右边是囚禁的地方，一排排的平房，如今囚了五千多纳粹前锋队员及本狱原有的狱吏。这营里曾容过四五万人。我们站在岗坡上遥望，有的囚犯正赤了上身，坐了晒太阳，有的在看书。广场上有一群人在排队。大货车刚把他们由做苦工的地方载回来。广场中间有一堆红砖，旁边是一刚打地基的建筑物。说是美军正在督盖一座教堂，以感化在狱的暴徒。仅隔一道铁网，而自由与囚禁截然分明。由于感觉自己的优越地位而隐隐对笼中囚似感同情。

可怕的是铁网左首的刑场。场外美军树一木牌，上书："纳粹党人在此谋杀二十八万无辜男女，请后人保存原状，以纪念受难之英灵。"这牌子无疑的是为美占领军撤退后用的。我们先看原有小规模的"焚身炉"，每炉可焚四五人，屋顶的烟囱和旁边后盖的一排平屋的新焚身炉可小多了。这新的更大的焚身间，共有四炉，每炉同时可焚六人，室内还有屠手的住室。出焚身间入小跨院，见沿墙都是狗笼，共约十八只。纳粹党徒如遇囚犯逼供不出便把顽强的囚犯带入跨院栏门以外，然后驱另外囚犯一批入院。狗笼一启开，警笛一吹，十八条狼犬即向囚犯扑来，连撕带咬，四肢分扯，直到撕成一摊血为止。眼睁睁看到这情景的囚犯，回去必招供，必供出别的反希同志的住址姓名，于是集中营的生意才见兴隆。

久闻毒瓦斯室之名。这里的也比别处规模为大，室外墙上写着"喷浴"。而天花板上还装有假的喷水器。毒瓦斯却从地板上放出。墙上有玻璃小洞，是为执刑人由洞口观察室内动静的。洞外有黑板，标着瓦斯放止时间。据说受刑前，狱吏仅告囚犯说是享受喷浴，每人并发浴布一条。在隔室，囚犯皆脱下衣服来，以为真是洗喷浴，死者的衣服便是狱吏的酒钱了。每次可以死二百人。死后由狱吏把尸首拖到另一“贮藏室”。那屋子的墙上仍有浓厚的血迹，最高处我举臂不及，可见尸首的容量了。

另外吊打间，为了补充参观人的想象力，曾经在此作囚的波兰人用蜡型雕刻出虐刑的实状，都是脱得赤裸裸，有的双手捆起，由空悬吊，有的折腰受笞，惨不忍观。由吊打室入地窖，那里是尸灰贮藏室。沿墙是一只只麻绳口袋，里面是薯麦皮般的灰粉。另一角有一堆小花盆。原来狱吏另一敲竹杠的办法是人死之后，立即通知亲属，说如付三百马克，尸灰即可领回。其实尸灰还是由大口袋里抓的，不过对亲属终不失为一份安慰。剩下的尸灰便做肥田用了。

这以外，还有枪毙的刑场，以及用病菌注射给囚犯做试验等等暴行，不必一一记述了。看到这个，使我感到要提高一国的司法地位，为祖先、为子孙、为世界听闻，都不可不取消特务，取消私刑，严禁私捕，改组各地所谓侦缉队或宪兵队，不使其成为虐杀无辜的机关。

出刑场，再隔铁网望去。对那些歹徒一点点同情也没有了，只觉得他们享着不配享的清福。

答可哈村人还曾为这集中营抗议过呢，抗议尸烟有碍村人的健康！

沿慕尼黑西郊偏南行，我们走入完全不同的天地了。茫茫无际大森林的梢顶上，是一片绛红的天。一牙新月正斜挂在阿尔卑斯雪山角。又是农牧的气息了。

阿尔卑斯山的村落里，有家犬清冷地嚎叫着。吉普随了南巴伐利亚的地形起伏着，沿着台根塞湖畔，驰到了临湖的第三军记者营。对了暮霭中的湖、天、月，我问着，哪个是真的呢？是这永不干的湖水，这望朔循环的月呢，还是污秽贪婪的人性？权势果真有魔力使人如此忘了本性吗？

晚饭是奥式的，盘子如颜料盒般分开，这儿一块烤牛肉，那儿一摊酸白菜。窗外是黑亮的湖水，站在桌旁是蓝裙提了白巾的女侍，但我尝不出饮食的味道，尽在不住发怔。

答可哈一行，使我对同类的信念丧失了几分。五天的阿尔卑斯山雪景，也仅仅医治了我做噩梦说呓语的习惯。

原载一九四五年十二月十五日至十六日重庆《大公报》，收入《南德的暮秋》上海文化生活出版社一九四六年三月版

阿尔卑斯雪岭

由湖畔到山脚

走进一座阿尔卑斯山的村落，第一个感觉俨如由上海刚到昆明，或是由昆明刚到芒市：在大城里，在“文明”城里，艺术是牢牢保存在博物院里，堂皇的陈列在展览会里，但在这小地方，艺术是沉浸在生活里。这临台根湖的小村，到处洒着美。巴伐利亚省妇人，不论多么穷，都必有件绣花衣裳，颜色配合得鲜明，图样设计得新颖可喜，常使过路人张望得失了神。并没有高楼巨厦，但多么小的木屋门窗必雕刻得精精致致，临街墙壁上必有幅图画，上面是蝌蚪形的字母。大部分图画是出自《圣经》故事，但也有日常生活的描绘，类如滑雪会。小村里的土产，不是精巧可人的陶器，便是悦目的水彩。这里的牛群，使我怀想北平的骆驼，一般沉重的眼睛，项下是清澈动人的铜铃。

早饭吃到炸鸡蛋，对一个由英伦来的客人原应是一大惊喜，但更使我倾怀的却是窗外风景。饭厅三面都是玻璃窗，窗外便是欧洲的脊背：阿尔卑斯山，使我神气的是与这些雪顶的大家伙为邻（大煞风景的是屋角一只无线电，在这般超逸的境界，放送着纽约夜总会的音乐）。阿尔卑斯山腰，这时正有一片薄雾，如白锦般横挂着。山腰是一片杉林，树叶都为秋染成金黄。

饭后我们出门逛湖。除了一只生了锈的坦克，这里是毫未被炮火熏着。家家檐下挂着串串腊肉，后园堆满了木架。不像要军用马克的慕尼黑，这里民用马克一样使用。村人和蔼而不阿谀，男男女女都戴着绿绒帽，白绸帽带上插着鹅翎。湖是葫芦形的。清澄的湖水由葫芦尖端注入一道小溪。黑白色的长耳羊，杂在马群中吃草，还有鸡鸭在它们脚下蹒跚着。偶尔有挤奶少女，提了重重的奶桶走过，发际的花朵颤颠着。孩子们大都穿了皮裤嬉笑着，湖边有一修道女徐徐走过，肃穆的黑袍上飘着阔边的白帽。我有多残忍：在这样的乐园里，我突然举起右手来，开玩笑地向个孩子说："嗨，希特勒！"（国社党敬礼）害得那孩子哇的一声哭了出来。

仅仅一个坏蛋，和他二十三个伙痞，便断送了这片大好山河！

美国朋友进铺子里买水彩木雕去了，我坐在吉普里，被一群顽童密密围了起来。金黄的柔发，碧蓝的眼珠，漆黑的前途！惨莫如年幼无知的小亡国奴，长大了得背负着前一辈招来的枷锁。有的孩子想用过期的胶卷向我换烟卷，有的用父亲的铁十字奖章换口香糖。一辆美宪兵开着的摩托车驰过，孩子忙把货物收揽回去。当孩子们吃到我由伦敦带来的巧克力糖时，他们面部表情是无从形容的：又是狂喜，又是贪婪，又怕一下都吃完了，又停不住嘴！望了蔚蓝的天空，伸入天空那湖畔教堂的尖塔，我为这下一辈的德国人抱起不平来，历代的野心家都从不为子孙着想一下，罪都可赦，而这贻误后代的罪不可赦！

为了请求入法占领区的许可证，我们中午辞别了台根湖，向巴德托兹的美第三军总部开去。那里有法军联络员，第三军由欧陆攻进以来，即在巴顿将军[①]领导之下，战绩可说是西线最出风头的，诺曼底僵战多时，首先突破的是巴顿。莱茵河畔两军对峙，首先渡河追袭的也是巴顿。在战争最紧张阶段，大家注目的总是这一铁军。报纸印映地图上，他这一军排在箭头的尖端。巴顿回美时，纽约人发狂地欢迎这腰间挂嵌珍珠手枪的虎将，艾森豪威尔将军把全德最美的巴伐利亚交他管领。然而军人未必谙政治。上星期，巴顿高谈起政治。虎将说："德国政党之门户歧异有如美国的共和党与民主党，何必铲除纳粹主义呢？"这句话震吓了举世反纳粹的志士们。原来这位虎将是以足球队领队的前进精神打的胜仗，对战争毫无了解！于是全美新闻界哗然，而艾森豪威尔将军对自己这亲信军官并无半字袒护，第二天，无声无息的托斯可将军接收了第三军，而为不忘名将的战绩，巴顿成为第十五军的军长。这是有军部而无军队的一军。任务是写美军在本届战争的战史！

---

①巴顿将军现已因撞车重伤逝世。

在巴德托兹手续办完后，又南折爬过一道不低的山。山坡上时有堆满了稻草的牛车，草堆上坐着挽了花帕的女郎，歌声在晴朗的空中荡漾着。由山坡下眺，一片银亮的湖田，边缘上镶着芦苇。阿尔卑斯的巉岩便踞立在我们的头上。接近了奥境，许多景物已不同了。蒜头式的教堂屋顶代替了尖塔，路旁每隔数步必有木雕的圣像，树立在匣笼里，大约是虔心人许愿搭的，这儿的农村女喜欢把头发梳成辫子，然后环头盘起来。公路也沿了灰褐的峭岩迂回盘转着。松涛哗响着，忽如狂欢，忽如哀啸。

公路由山半腰折下。刚向台根湖道了别，吴深湖又闪亮在山脚了。秋叶像火焰般烘在湖畔。灌入湖中的是一道透明的绿溪，羞羞答答的沿着一带幽林安详地溜过。绿溪以上，却有百丈飞瀑的悬崖下垂。山谷里是纵横的牛栏，有的空着，有的有牲畜在吃草。牛铃偶尔打破深谷的寂寥。下山穿过一道长林，便到了阿尔卑斯山脚，德、奥交界的一个名镇，一九三六年奥林匹克冬季运动会的会址：加米施镇帕添加深村。

把行李放在市场旅馆后，便动手梳洗。伺候我们的是一匈牙利难妇，矮矮胖胖的，穿着印花布裤子，又干净又文雅，一看就知道不是小家碧玉。果然她丈夫是匈军的军官，如今可还没有音讯。饭是在对面驿站旅馆吃的，战前这是一个时髦的场所。壁上不是木雕便是水彩，低矮的屋顶上，悬挂着闪亮的铜器，是行猎的地方，所以墙上也少不了长角的鹿头。房中间是瓷盖的大暖炉。喝着奥地利的红酒，望着四壁的艺术品，俨如到了维也纳。

吃饱了饭才有心来玩赏环围的奇景。加米施镇是在德、奥阿尔卑斯山最高峰祖格斯比斯峰的紧跟前（约一万英尺高），山那边便是奥地利。加镇四面临山，仅在北面有两道关隘，一去慕尼黑，一去奥格斯堡。这时半轮淡月正由千岩重岭丛中升起，把雪峰照得银亮发光。街上美兵和德女挽着臂呢喃着，杂在人群中的是甫下山的牛群。铃声当啷响着。我们便随了铃声，向这山村中心荡去。

拐过街角，远远望到一座灯光明亮的门面，走近了原来是军官红十字会，里面有咖啡喝，又有土产纪念品可买。管理员是一细长斯文的德国人，当垆女装扮得非常妖艳，而问起来才知道身世也非常凄惨，她们的家还在苏联区撒克索尼省，音讯杳无。休息室里，除了他们三个，只有一美兵在一边喝着咖啡一边看着《纽约画报》。

细长斯文的德国人，看到同行美国朋友的官级，赶忙凑过来，用几乎女性的笑容迎纳我们，问要点心不。搭讪着，他坐了下来。说是才由第三军的俘虏营里放出来的，因为会说英文，而且有招待的经验。说着，他由口袋里拿出一份推荐书给我们看。这是一位美国中校写的，说："赫孟某某被俘后，因擅（长）英语，在营中任通（翻）译，屡有可逃机会而未逃，故证明彼为人忠实，大可任用。"这细长斯文的德国人又女性地笑了笑，玩弄着秀长的指甲。问他怎样会有招待的经验，他说一直到开战前夕，他专在英法大旅馆做招待员，像伦敦的陶芝斯持（这时我同美国朋友互相望了下。战前纳粹惯派密探赴英法大旅馆由要人行动侦探政治倾向的）。问他怎么会回德国去呢，他说是怕因国籍受监禁。问他回德国后怎么样，他聪明地说德秘密警察因他职业关系当然问他英法情况。细长斯文的德国人甜蜜地说："我咬住了牙，说一概不知。""后来呢？""后来他们征我入伍。穿上了制服好不舒服。我暗里盼着德国打败了。""为什么呢？""因为我不爱穿制服。德国如果胜了，我恐怕一辈子得穿制服下去。"

这种甜米汤，东京大约也有的是。

正说着，一群军官进来了，大约七八位。可惊讶的是他们都穿了英国军服。在我们邻桌坐下了，自然互相打个招呼。看肩章，七八个人中大都是上尉阶级，其中两个是德语翻译，领头是一位胖大的上校，五十多岁，戴着黑边眼镜，不住地吧嗒着烟斗。因为他们谈的大半是关于摄影零件，美国朋友便打起岔。话题渐触及各人在本届战争"解放"的成绩（"解放"在这里作"攫取"义）。上校喷着烟斗，抖搂起自家的成绩来。他说由诺曼底登陆到德国投降，他一共"解放"了十辆汽车，五十台各式的摄影机。（说时他指身边一位少校问："我送你的那架康台克斯还好用吗？"）给他儿子"解放"了值百八十英镑的邮票，给太太"解放”了五百码绸子和三四百码哔叽。等他说起他“解放”莱茵酒的瓶数时，我忍不住了。我说上次我在柏林军需处买的一瓶威士忌，舍不得喝，带回英国去，海关都硬给上了一镑的税，上校得意地笑了笑，说你们记者还没有专用机。于是他又坦白地谈起“过关术”了。他同行的下属们却替他不好意思起来，他们站起来，伸了伸懒腰，说：“该走了吧！”

我们喝干咖啡也出去了。原来数码以外就是普通美兵的红十字会。那可热闹多了。大厅中心可以跳舞，栏杆上有小桌，可以坐下喝酒。沿墙有女人代修指甲，有艺术家剪纸影，一律免费。整个欧洲，今日是这样划分的：有的在背负着由政治愚盲而战败的枷锁，有的在尝着胜利的甘果。

登极峰

由山村到祖格斯比斯雪峰有爬山电车，需两小时便可攀到这万尺摩天岭的绝顶，不用费点点力，便得与云天为伍，这机会当然不甘错过。所以九点半我们便跑到奥林匹克运动场站台旁边的车站排队去买票。爬山电车公司的职员穿了蓝呢制服，红帽金边，机警地招待军人。刚要买票，有美国军官在我肩膀拍了一下。他看见我身上“从军记者”的肩章，原来他负责的正是宣传股，宣传什么呢？宣传美国第三军已把南德这片锦绣的风景区变为凯旋美军的一笔犒赏。成批的队伍由各方来此，玩赏风景并且学滑雪，希望回国后可以在本国提倡滑雪这英雄而合乎卫生的游戏。如今才听说山下这名村，是由第三军风景委员会管辖，负责人是一位少校。风景区负责人由俘虏营里拣选了一批德国滑雪大将来传授绝技，说等下在山顶便可以遇到。

于是我们不需车票便登了车。爬山车宛如平沪的电车，只是没有叮当的铃声，载满了美国各省公民的著名游览车向山根蠕动了。滑过了葛米市郊野的一窄段平原。爬到琵琶形的恰柏湖时后面又挂上了一辆车头来。车同山成二十五度锐角，还不太难过。这时灰云中忽露出一长块蓝天，游客们，尤其带了摄影机的，雀跃起来。山中树叶片片鹅黄，俯眺恰柏湖晶亮可喜。湖心有座小岛，正有白帆在湖面飘动。

车是愈见倾斜了。因登高耳朵痛了起来。由窗口伸颈，眼看车驰入一马蹄形的巨岩。车入了洞，这一入便要走一小时光景，才到得了四公里高的峰岭。洞里隔不远便有圆洞，俨如轮船的窗口，是当年造洞时掷碎石用的。

出洞便到了终点的山顶旅馆。一杯热咖啡一块美国炸糕在手，我突然想起当年拿破仑征奥地利时，爬阿尔卑斯山时有多么吃力。大厅里这时正有美兵打着乒乓球。几个彪形大汉，穿着红毛衣，蓝臂章上面写着“滑雪训练员”。

钻出旅馆瞭望台的门，宇宙是一片白，白到两尺以外不见物。忽然，晴了一刹那，山坡上正有一队宛如“长蚁兽”的滑雪人，长脚长臂，如乌鸦般由白层掠过。有的长蚁兽尝过了下坡的顺利，正挣扎着向尖端爬。阳光温柔地在雪丘上嬉戏。如果天晴，北可望巴伐利亚平原，南可望奥境。三分钟的高架车便可以到全德最高点，祖格斯比斯；但气象专家说，今天是没希望的。只得站在望台上望着白的宇宙。一个德国女孩也在发怔，是撒克索尼省的人，父亲是潜水艇的司令，如今在日本坐囚！

午饭是和四名滑雪大汉吃的。像砖般厚的烤牛肉，像烟囱般冒白气的热可可，在雪岭尖顶上，是异常餍口腹的。

下山途中逢见一奇事。去访风景委员会少校时，遇到一个德国女人，年纪二十四五，漂漂亮亮，说是给少校开车的。这倒不稀奇，女人在德国比在任何地方（除了日本），相貌是条件第一。稀奇的是这年轻女人见了我便用十足地道北京音问：“你是中国人吗？”谈起来，原来她是天津前英租界生人，父亲是做出入口生意的。一直到打仗前才回欧洲，一嫁可就嫁了个纳粹党员。为什么他当党员呢？理由是因为他有大纸厂，不入党保不住。如今他在营里坐囚，她带了一个宝宝，在伺候少校。

这曾拥有过两辆汽车闺秀的司机人可不同于一般的司机，标致的呢裳，真丝袜子，吸着吉斯斐尔牌的香烟，问我们今晚可肯到她家里喝酒。她本和一位中校有约会，但看见了“同乡”，她甘心把那约会取消。少校本来绷了脸同我们谈公事，山上可以容七百五十人。有热水暖气设备，计划请美海军也派人来享受，甚而英国人……但听到晚上的酒会，他松起脸来说：“不会把你的老板除外吧！”

听说过德国的黑水酒（Schwaz Wasser）吧？其实是白白淡淡的，樱桃做的酒，最难得。又是美国点心，又是美国罐头西红柿。香槟酒我喝上四杯多，我便早已不是萧乾了。少校倒在她怀里，我倚在墙角。她对我说着京腔的华语，对少校说着纽约腔的英语，抽着烟，对德国客人仍谈着她的国语（可见她没有醉），房中一炉柴火，火焰如舌头，老想往我脸上舔，柴木噼啪作响。屋角有无线电机在哼着小调。女主人回忆着天津小白楼，北平东单，如果再记住这已是戒严时间了，则夏威夷的浪漫也莫此为甚。无怪少校呢喃起军事及个人秘密来了。“你要照相机，康泰克斯厂已复了工，三十美金一台，专给美国解役军人做的……我吗，七十五点就够解役的，我有了至少一百点。我的妻小，随他们混，德国是我的天堂……巴伐利亚是我的天堂……葛米施！我知道这里每个女人的发色、眼珠色，都有记录……”

至于那晚我说些什么，读者得问少校去了。反正美国朋友同我怎么回的旅馆，我们仅能略略回忆。多承那两位滑雪大将的鼎力吧！

巡礼日

总之，天明，人醒了，我一摸顶上戴的是军帽。莫不真戴了一夜吗？想爬起，黑水酒的余威未尽。美国朋友谈加利福尼亚，我朦胧地梦起北平来……

本该今天动身南行的，他开车没把握，坐车的也不放心，于是我们决定逛名胜。

走过少校的办事处，少校还没到呢（十一点了）。他屋里长凳上坐了男男女女。（两个深棕色头发的，一个是金黄的。眼睛碧蓝？灰蓝？）我心下替他登记着。

半为试乘一次高架车，半为观赏阿尔卑斯山另一景色，我们决定先登克鲁泽克岭。高架车宛如六角亭，悬在一钢索上，来去两条钢索由山脚直达顶峰，中途有高架站台。等亭里人走光，我们挤了进去。亭门一关，我们便开始滑翔。这感觉真难形容，因为它既不是飘空的飞机，又不是擦地而行的车，它是半陆半空又滑又翔的怪物。但由观景来说，它是兼有空陆之美的。

谁初次搭飞机不巴望由空中饱瞰一下地上的风景呢？而不是飞得太高，就是云雾蒙蔽，就是自己发晕，结果，这一长途的航程，可回忆的不过是起飞与着陆时的屋顶瓦片，顶多是一片海峡或一片影影绰绰的森林而已，辽远得无从真确深刻。

坐在高架车上我恍然以为自己化为禽鸟，不然我怎么能刚好由巨大杉树顶梢擦过呢（叶上还挂满晶莹的雪）？亭影由树丛上掠过。有时甚而可以听到山溪的流水，且可与钓者招手。这都是坐飞机所不可能的。然而亭子滑钢索而下，颤巍巍又宛如在飞。

下了亭子，由山顶再看下滑的高架车，都似一硬壳虫，忽为褐岩遮起，忽又消失在树丛中，稳重而且闲逸。

都说阿尔卑斯山顶只要有太阳就比地面还热，我不信；所以穿上所有的衣服，果然绕着险山道一跑，衣服就层层脱下了。四面是山峰，山峰都是积雪，雪光映雪光，不啻是太阳灯了，难怪山坡上尽是戴了墨镜半裸的男女，仰卧着承受诸峰的光照。有一断腿的德军人扶了拐杖携子游山，孩子满山在搜集松果。

下山前赴山顶旅馆去休息。旅馆露台上还有一些德国游客喝啤酒。我们望着美国兵雪战，各要了一盘子肉汤，一杯啤酒。可惊讶的是法国解放一年多后仍闹着钞票不值钱，而马克始终没大贬值。由纽伦堡到慕尼黑途中，我问同行的，车票仍与战前的无异，而我们的二汤二酒，算起来还不到两个马克！

登这趟山，两人的酒都已大醒。于是我们开车到克佛山脚下，以每十年演一次宗教剧著名的奥姆拉姆皋村。村当两山之夹，有小溪一条由村心蜿蜒穿过。整个巴伐利亚省都是笃信宗教的，奥村为了它的传统习俗，尤为虔诚。全村过半的成人都是木雕匠，雕的大都是耶稣像，街墙上满是圣经绘画。

三百多年前，南德大闹黑疫。奥村死人遍野，村人于是向天许愿，说逢十年全村必演一季警世的宗教戏，第一回是一六三四年演出的。后来因为便于记忆，改为逢十开演。三百年来，只有一八七〇年因普法战争而辍演一次，一九二〇年因战后紊乱延至一九二二年补演的。一九四〇年，照常演出。看光景，一九五〇年的戏大约也不至脱期。最初此举是纯宗教的，有如妙峰、普陀，但因为世界游客每逢这戏剧节便由各地云集，这虔诚的举动自不免沾染了商业色彩。木雕有了世界市场，旅馆吸引起游客，但戏剧节的收入始终是专用作公益。这十年一度的盛举，为奥村盖得医院、学校、游泳池。还有比我们杭州胜一筹的，这中古的村庄保存着它原有的朴素美丽，没有要人别墅——至少没有像要人别墅的房子，一切建筑和谐得体。

宗教戏的情节，大致是耶稣的一生，由马槽降世直到被钉十字架以至登天。所有角色都是由本地牧师、市长、议会议员投票选出的。表演本领之外，演员的品格也在考虑范围。上届扮耶稣的恰巧是全村木雕家最著名的，所以吉普一进村，美国朋友就用半熟的德语嚷问村人：耶稣基督住在哪儿？把村人问个怔。

耶稣（真名朗阿吕）到邻村去了，我们找到了他的儿子，也是木雕家，也参加过圣剧表演，但这秃顶红脸的青年，却还参加了另外一出悲剧：一九三九年被征入伍，先打荷兰，南折到法边；东调征苏，由莫斯科郊外溃下来，溃到黑海，由黑海开拔出来（这时，同伍的非被俘即打死即冻死，天如何把他留了下来，他一点也不明白。当的又是辎重兵），然后该防御祖国了。由法境败下，过黑森林，终于在司徒德葛地方为美军俘虏。这时才放出不到一个月，告诉我们他家已为美军占去了，如今是寄寓到后院一座木屋里。美军到时，限他们一刻钟内离宅，而且不许带东西。他愤气地说：美国军队倒不糟蹋，狠心的是他们的德国女友！连毁带拿，大约快光了。朗阿吕的公寓在南德是四远驰名的。

进了木屋，他给我们看雕木的器具。原来他们先仿古画上捏出泥塑，再用泥塑为模型，照样雕木。桌上是一排刻刀，大大小小不下三十把，另外还有一具显微镜。随谈着雕刻，他说起慕尼黑的黑市来。凡是德国根本没有的东西，都有黑市，咖啡一磅需一百二十马克，美国二十支一盒的香烟六十马克。

由奥村南行，便到了林德霍夫堡，是十九世纪中叶狂王鲁德维格第二所建，华丽无比。堡是坐落半山坡上，山脚有密林。登山不久便可以望到那乳白色的建筑，堡前是一座壮巍的喷水池，喷泉越百尺。泉池里有赤裸女神金像，半坐半卧。池畔有铜鼎，俨然是受中国影响。堡周围可称德国的园艺大观。葡萄架、玫瑰架搭成各种姿势。葡萄架下走出一个中年人来，穿着仪表都不似德国人。他用法语问我们：斯大林是病得很重吗？谈起来，原是葡萄牙驻捷的领事，过德返葡。是一欧洲的骄种！

归途暮霭朱绛，宇宙有如一巨罐龙睛鱼，一条条细长红云东浮西浮，红的鱼腹渐渐变得灰黑起来。绵亘的阿尔卑斯山岭和暮色随着也融成了迷蒙一片。

原载一九四六年一月四日至五日重庆《大公报》，收入《人生采访》，上海文化生活出版社一九四七年四月版

神游大西南

话说我塔氏夫妇，一路风驰电掣，转瞬来到东亚西便门的仰光，就上了缅沪线的游览列车。这列车每隔三辆车厢，必有敞篷瞭望车一辆，四周都是雪白皮垫椅，中间装有一排自动的吃食匣，咯噔放入一个五分钱的中国镍币，便有一瓶冰冻酸梅汤或一包沾满芝麻的长寿皮糖蹿跃而出。从这辆瞭望车翘首四望，便可以望见一片缅甸的热带风光。但见镀金塔顶与棕榈比高，热带森林的蛙和驴子赛叫。森林高旷处，蠕动着自由的缅甸公民。此时中、日、韩、印、缅、暹、越及泛印尼共和国八个东亚独立国家，占世界人口二分之一，已订下了君子联盟，不但彼此要互助而不互扰，并且禁止别国在东亚捣蛋。这八国之间，每年交换土产，交换教授学者，凡该合作的，都合作。但也有比赛的事：譬如每年两度的八国运动会，时常用电视举行的象棋、围棋比赛，还有公共卫生比赛，请的裁判员都是荷瑞国人，不幸去年一赛，都未及格，盾牌暂由裁判员保管。

闲话少说，书归正传。且说中缅交情既笃，所以列车过处，缅甸村人莫不挥扬手帕。没有手帕的，则晃动枕头被单。有的热情女郎，还学咱红毛，对着联系中缅友谊的蛇形列车，频频飞吻。用缅甸话嚷着："上有天堂，下有中华！"而车上的中国人也并不如二十多年前被称为"四强之一"时那么受宠若惊，只坦然摇一摇手，仍继续他们的学术讨论。

车沿着伊洛瓦底江到八莫。（原来中国人对美国式的速度本身已不盲目崇拜了。他们也有原子能的"火箭车"，三十六小时可到上海，并不慢于欧美，但那是为有急公的人们设备的。游览车上的人既是为游览，所以路线取的要以风景为标准，速度则以无损悠闲享受为原则。像当年汽车飞驰，一路闯祸，赶到电影院喘着气看广告坐候正片子上演的蠢事已少见了。）这时，天还没亮，远远便可以看见中国边城的灿烂灯光，辉煌在多星的天空之下。呵，咱们的脚又触到中国国土了，（虽然隔着火车的地板！）没有了贪愚贫病蛮的太平世界！咱乃兴奋地拥抱起来。塔塔一兴奋，在太太额上狠狠吻了一口，塔太太记起同车的还有中国朋友，脸上赤红起来。他们赶忙宽慰咱们说："莫要停止！再接再厉！敝国虽还未与公开拥抱，但我们已明白公开抱比偷偷摸摸的抱好，公开拥抱自己的太太总比偷偷抱人家的太太光明正大。"于是我们攀谈起来。

原来同行的中国人中，有位姓邹的，是人类学家，刚由柏林讲学回来，对缅滇边事，特别熟悉。于是，乃指着地面上一座灯光辉煌、屋舍骈比的城镇说："二十年前，这里原是吃人国的渊薮。从前一年只有三个月披块兽皮，平常都赤裸裸的，腰间扎些麻藤，上面挂把贼亮亮的刀。本来这一带只有一支吃人队，叫拉摩族，每季结队出去，由酋长领着，专猎异族摩拉人的头颅。黄昏回来，个个竹竿上挑着血淋淋的一串脑袋，有的眼睛还未合上。于是割下五官做冷荤下酒，欲做人头汤果腹，并有蟒鼓作乐。有一天正吃得痛快，突然跳进了大汉数十名，手持利刀，见头则割，原来摩拉族也学会了猎头术。从此，拉摩族和摩拉族，棋逢对手，杀人不眨眼，成仇虽深，反而彼此存了戒心。于是，双方都专寻找尚不谙猎头术的良民过瘾。这样久而久之，又过了几个年头，良民挨杀不过，于是也学会了猎头术以自卫。于是，这一带由良莠不齐一变而为良莠一致。人人学得一个绝好的自卫本领，即是不分皂白，见了头颅便割。所以子杀父者有之，妻杀夫者有之，谁也无安定日子可过。据说当时街上走路的人，莫不一手抚摸脖颈，一手持刀企图乘隙取首级。最后倒还是拉摩族的酋长（一半因为猎头术已非独长，一半是因为他对自己亲信也不复放心），乃提议大家有话好说，都不必动辄砍头，并且自动把刀由腰间慨然摘下，挂在厨房，声明以后专为切西瓜之用。左右立即献上木刀一把，以保酋长威风。酋长接过，顿时立劈两半，说我不给人和平，人即不给我和平；我要人家头颅，人家即要我头颅。何如大家好好商量？这木刀尚不足以杀鸡，带着徒招人嫉，是何存心？言毕下令立即废除蟒鼓，改定清笛为乐器，以平静人心。这时刚好中国中央政府因统一而政权普及边陲，用公开选举的县参议会代替了酋长制度，要强迫教育施行，不上十年，市民已都有了高小程度，学会了职业技能，懂得了公道正义，最重要的是以思维术代替了猎头术。当地市民，因感戴当初酋长的一念之对，佩服其眼光超众非常人，尤尊崇其最后拒绝木刀之魄力，乃群举之为市议会主席，于是摩拉族、拉摩族、摩摩拉拉族、拉拉摩摩族，都融于一流，大家和衷共济，来建设一新城市。一致宣说：‘有新城市才有新国家。’”

邹君说到这里，呷了口酸梅汤，问咱们听了感觉如何？这时一个日本人类学家慨叹说，猎头术在人类学上有它的重要地位。如今非洲热带森林中固还有遗迹可寻，于东方学者终不方便。中国边疆进步，自可佩服；但对于人类学近水楼台的实地研究，终不失为一种损失。这时贤夫塔塔听了，义愤填膺，上去就要打他耳光，而邹君心平气和地劝止，说不怪日本朋友。他们这种心理，实在是中国人给养成的，中国向来就是日本的试验室。他们要试验白面，我们就集体抽白面；他们要我们成立思想警察，我们就遍设思想警察。他们战败了，默默祈祷一个分裂的中国，以容他们翻身，我们也没使他们失望呵！现在可不同了。

这样一路漫谈着，火车便到了南定河边。这一带山势峻巇奇伟。南定河与山峰不时做捉迷藏戏，忽而失踪，忽而又重现，蜿蜒曲折，益增风趣。火车是沿山脚而行，所以与河身保持的，也是不即不离的关系。咱们在餐车上吃着早饭，窗外山坡上的奇花异草，放着半热带的馨香。我们吃的是杏仁茶，烫面饺，还有一碗冰冻的奶酪，又富营养，又有味道。

十一点，火车长长拉了一鼻子，昆明到了！呵，咱们二十年前不是老想看看这名城，不是没敢来吗？只翻看一本法国传教士著的《云南》来满足！这回可看见了。牌坊呀，湖呀，亭子呀，都还存在，只是为国家美术院（非美国罗氏基金之误）①出资翻新过。马路比书上插图的要光滑宽敞，街道清洁。翠湖边上，遍是民众博物馆、阅报室、通俗演讲所的设备。讲所门外挂着当日的讲题是："司法尊严。"火车在此仅停一小时，供游客参观。我们下车先到国际招待所。由所里凭车证约了一位云大同学来充义务向导。一点钟能看些什么呢？我们想拜访一下市长，恰巧那天是礼拜六下午，市长看电影去了。学生听了，看一看表，说还来得及。我们赶到大同电影院，原来还差十分钟才开门。市长（一位健壮能干的爽快青年）正站在人群中。我们以先还以为前前后后的男女都是他的保镖（可奇怪为什么腰间不带武器），原来那些都是排了队买票的看客。

听说是塔塔木林夫妇来，市长说，我虽站了半天才升到离卖票窗近了二十码，我牺牲不看这个影片了（那自然是中国国产片了，为了保护东亚电影事业。所有电影院按尺数计，每周必须映演东亚产片至少在百分之八十五）。于是，这戴了近视镜的社会学系毕业生

①当时我国文物古迹常由美国的洛克菲勒基金会出资修缮。——编注

便由人群中走出来了。说这真是有缘，二十年前塔塔木林给中国《大公报》写文章时，他才在浦东初小肄业，小心坎便认为这个红毛有的是一腔赤诚。

我们问他今年贵市有何特殊活动，他说云南大学体育场上在选一九四六年的昆明小姐；南城今天下午依中央最近颁布保障民权法令，在拍卖最后一份官办报纸；市政府、社会部正登记最后一批失业人口，周初安置职业，以节省保险金。我问他失业的人有多少呢？他说全市人口二百万，工作年龄失业的八十人，这八十人，也只是最近因对欧出口锐减，裁下来的。“譬如敝人的内弟，本来是西门外纺织工厂里打包裹的，可是包裹一少……”我马上截住说，市长令姻亲也竟失业了吗？而且干的还是打包裹？市长厉然正色说：“包裹一少自然要被裁下来。他因为对机器一窍不通，又不善会计，自然只好打包裹呀！”说时，脸上无惭色，也无傲色，塔塔二人暗里深信中国的盛世出现！

咱们因无意出标购买中国官报，乃提议去看看昆明小姐的选举。既有该校学生来陪，便请市长不必同来了。市长让了一下，见我们非常坚持，便作罢了。我们上车后，见他静悄悄又退到后边，由人队尾巴站起了，塔塔心中好过意不去！

云南大学好像是靠东北城。本想大学为选皇后一定改扮成舞场样子，彩绸牌坊，爵士音乐，长椅上坐了一排如花似玉的小姐，场外遍贴“不选昆明小姐即是侮辱女权！”“侮辱女权即是反动分子！”“枪毙反动分子，肃清反动余孽！”然而不然。大学并未挂彩，只见仕女联袂走进大门，谈笑自若地登入大礼堂。台上只一桌一椅，桌上是一瓶美人蕉，素雅可喜，椅上是一位五十左右老太婆，挺然直坐，令人起敬。铃铛一摇，老太婆就起立致辞说：“诸位弟弟妹妹们！今天我奉妇连指委会推举为主席。很简单说，民国以前，妇女是被男子压迫了数千年，绑小脚，讲三从四德，处处不容我们妇女呼吸。民国以后数十年，妇女是被男子玩弄了数十年。被压迫，我们终于尚知反抗。被玩弄，可就更不易翻身。因为人总是人，穿好的，吃好的，又出风头，谁不爱？然而这个当可上大了！于是，什么献花发奖，招待东洋贵宾，由我们来干；军政大事，公务私业，由他们男人包办！妇女要争平等，必先有平等的职业能力，从而争到平等的经济地位，使我们一样可以拍胸脯说：‘大妇女，富贵不能淫，威武不能屈！’所以今天我们要选的昆明小姐，是要看：（一）哪位昆明女人不论士农工商，至少抵得住一个男人，能抵得住十个更好？（二）哪个昆明女人对本市福利贡献最大？（三）哪个昆明女人对妇连最卖力气？至于相貌姿色呢，本席也年轻过，也好过美。但如果单凭一张脸子，请问，这和牛马市看肥健讲鬃毛有什么分别？”

主席在掌声哗然下退坐到椅子上，就有一个非常老憨的村女提了只菜篮走上台来（菜篮子被主席接过去)。用滇腔说:“俺要推荐的是俺的姑妈。俺姑妈本来给人当丫头,自己逃跑出来。跑到工厂里做女工。后来政府革新,有了义务教育,俺姑妈自己拼命考,考哇考哇,考上了学校。毕业以后又考哇考哇,考入了蚕桑学校。现在在云南,对桑业种类知道最多,对蚕病理明白最清楚的是谁?”(台下有人代答“俺姑妈”)乡女忙接说:“是喽么!所以昆明要选小姐,就得选俺姑妈!”

主席于是问姑妈的姓名年岁。台下记者席有人大声嚷:“请姑妈站起来,观光观光!”姑妈挺然由人群中站起来,是个三十五六的乡妇,衣着素朴,很腼腆地向主席说:“我穿的袍子便是我亲养的蚕吐的丝,绝不是外国货。”然后在掌声中坐了下来。

第二个发言人是云南妇女社会教育会的会员,推举的是该会巡行教育车队的一个女司机。她说:“诸位,城市里推行社教好办,谁也不愿意去荒僻的山区办社教。不幸滇南的公路还不是树胶铺成的。匪盗虽没有了,野兽还多的是,张大嫂自告奋勇加入我们这一组,驾着七吨卡车,忽而爬高三五千英尺,忽而盘旋降到山根。吃得粗,睡得苦,她全不怕。她只要什么倮倮苗子全变成中国国民。有天晚上,汽车抛锚。我们正在就地发愁,忽然一声吼啸。有猛虎一条,向我们六个妇女扑来。大家都尖声叫喊,张大嫂拍拍胸脯说,不要怕。她等那大猫向我们扑时,用修车的一把刀照着老虎喉咙就一豁,一豁没通,狠力又一豁,老虎大叫一声，就滚在地上了。张大嫂还骑在虎身上大嚷：'社会教育万岁！'有几个男子有这份沉静？这份魄力？这份勇敢？"

台下不容说完，就大声鼓掌，嚷着："张大嫂，快出头！"原来张大嫂身长七尺有余，体阔于哼哈二将，黝黑的脸上，是一片和祥的笑容，双手抹嘴，爽快地说："天不谢，地不谢，单谢中国营养赶上了世界标准！"

这时，好几位妇人同时要登台。我们看看表，差七分火车便开了，于是，不得已悄悄由座位中溜出来。那学生向导坚持要我们参观一下他的大学，我们是生怕误了首都大选，只好婉辞谢绝了。

果然赶到车站，听到火车已经拉了鼻儿。塔塔太太拖了塔塔先生直扑月台。说时迟，那时快，嘭嘭嘭火车眼看出了站台。所幸塔塔太太来了个探戈式的舞步，抓住了红绿信号的旗杆，拖了塔塔，一个跟头便栽进了守卫车中，把守车的吓得张皇失色。如不是太平年月，定以为是劫匪临头。

这一路，经过中国西南，跨过长江流域，可看的自然很多。唯知道读者诸君急于一闻首都竞选，途中打算尽可能不再多逗留。要知后事如何，且听下回仔细分解。

【作者按】此文以及《玫瑰好梦》《二十年后之南京》《新旧上海》，均发表于一九四六年九至十月的上海《大公报》上，一九四八年八月由上海观察社出版，书名《红毛长谈》。当时，作者甫由英国归来，目睹现状，甚是愤懑。遂佯作旅华西人，以塔塔木林笔名，写了一系列讽刺文章。

选自《萧乾全集 · 杂文卷》，湖北人民出版社二〇〇五年十月版）

它曾经是咱们的命根子

——序《山红谷黑》

黄豆米三月来信，要我为她的长篇纪实《山红谷黑》作序。五月下旬，我为中央文史馆工作来滇，见到了这位对滇缅公路、对文学事业充满执着精神的青年女作家。谈话间，她对“老滇缅”的感情使我感动。这条公路修筑时，她还未出生呢。她是带着历史责任感来从事这项写作的。

中国有千百条公路，有数不清的桥梁。然而没有一条像滇缅公路，也没有一座像惠通桥那样足以载入史册。滇缅公路真可称得起是“超级公路”。四十年代初，当沿海半壁山河沦陷之后，敌人以为这下可掐断了我们的喉咙。那时，滇缅公路就是我国对外唯一的通道。我们赖以御敌的武器、药品和器械都只能通过它来运进，同外界的关系也有赖于它来维系。世界上再也找不到第二条公路同一个民族的命运如此息息相关的了。四十年代，滇缅公路不仅仅是一条公路，它是咱们的命根子。

感谢女作家黄豆米！当大家的笔都朝向现实生活中的热门话题时，她却揣上一面历史透视镜，偕同她的丈夫何金武，不辞劳苦地跑了几趟“老滇缅”，写出这篇令人缅怀过去、发人深省的《山红谷黑》。作者站在现实的高点上，跨越时空：既描绘了这条传奇性公路的今天，又追忆了半个多世纪前它那万分艰巨的修筑过程。

他们二位是搭乘省公路局的交通汽车去的。三十年代末期我为《大公报》采访滇缅路时，首先面临的就是交通问题。路还在修筑中，当然不会有公共汽车；而当时偌大的中国，恐怕找不到一位拥有专用汽车的记者。我是辗转托亲靠友才在属于一家银行的卡车上当了条“黄鱼”——一名靠人情搭车的乘客。从保山往西，就越走越荒凉了。原始森林里游荡着神秘吓人的“瘴气”——现在懂得那就是恶性疟疾。记得一晚在龙陵，我们四个人席地睡在一所牛圈里，身上盖了条毡布。头晚还有说有笑，次晨睡在我身旁的那位旅伴却不动弹了。再一摸，身上冰凉，早已停止了呼吸。

那时滇缅边境的集市上，农民商贩只认银币或铜钱——而且还在用着中有方孔的制钱。我掏出一张纸币想买点土产，一群打扮花哨的老乡却用好奇而又怀疑的眼光仔细摆弄了好一晌，最后还是摇着头退给了我。

那时一路上很难喝到一口茶水。每过小溪，我们都必去猫下腰用手捧喝上几口。从黄豆米的描绘中可以看出，六十年代路工就从提篮里拿出五磅的暖水瓶了。惠通桥也是从铁索变成了钢骨水泥的。她笔下九十年代的畹町街上，竟徜徉着穿港装筒裙、挽着男友去电影院的姑娘们了。如今，“大米自给有余，边贸年收入二亿三千万余元”，芒市机场上还起落着波音737。越是回顾过去，越能看到祖国前进的步伐。

公路是人修筑的，也是人保养的。写公路——正如写一切，都离不开人。这里，我们看到九十一岁的上海陆智程师傅和闽籍的蔡金山，他们和许许多多无名英雄一样，为了修这条公路而背井离乡在这里落户。文章写到汉彝杂居的寨子里的民族和谐，也看到潞江最后一任土司，如今当上了市政协副主席，多么惊心动魄、翻天覆地的变化啊！

作者追忆了这条公路的过去，描绘了它的现在，也展望到它的未来。到二十一世纪，滇缅公路就将筑成一条半封闭式的高速公路了，而且它将成为沟通东亚与西亚之间的大动脉。

作为半个多世纪前滇缅公路修筑过程中曾经在这里跑过的一名老记者，我热烈向读者推荐这篇佳作。

一九九二年五月二十日于昆明

选自《山红谷黑》，中国工人出版社一九九三年版

萧乾逸事两则[1]

文洁若

二战时期的萧乾

萧乾逝世后，他的老友陆铿从美国寄来了《不带地图的旅人，安息》一文，我把它收在《微笑着离去：忆萧乾》里。其中有两段披露了当时中国记者在西欧战场活动的情况：

第二次世界大战，盟军在诺曼底开辟第二战场！萧乾当时是第一个也是唯一的中国记者。盟军在诺曼底登陆后，中国又陆续派了七个驻欧中国记者。任玲逊和徐兆墉因为要驻守中央社办事处，所以在前线活动的只有萧乾、余捷元、乐恕人、毛树清、丁垂远和我。

纽伦堡大审纳粹战犯时，萧乾和我几乎是同时到达，故人异国相逢，兴奋可以想见。本来在随艾森豪威尔进军柏林时，我们就应碰头的。只是我被分在南路，由美军机护送，萧乾分在北路，由英军机护送，

①选自《一生情缘》，上海远东出版社二〇一〇年四月版中《萧乾逸事》一文五则里的两则。——编注

因而未能相逢。

抗战胜利，紧接着内战，幸而我们没有在内战战场上相遇。直到一九五七年，萧乾在北京被划为右派，我在昆明被划为右派。

陆铿把萧乾看作是他“记者生涯的启蒙者”。他写道：

我和萧乾结识，还在一九三九年春。当时，又是作家、又是记者的萧乾，沿着滇缅公路采访到了我的家乡云南保山。其时，我正在保山县立中学任教，并组成了“保山县抗日救亡宣传团”，萧乾希望了解一下祖国边疆对日本侵略中国的反应，县里的人就建议他访问县中。到了县中，学校让我出面接谈，一见如故。他朴实的态度和诚挚的语言感染了我，第一印象是记者可爱。我因一九三八年为缅甸《仰光日报》写过保山农民为修滇缅公路流血流汗的通讯，与萧乾接触后更增加了做记者的冲动，从此就担任了《仰光日报》的通讯记者。回溯往事，萧乾的言行在我身上收到了潜移默化之功，我之所以选择记者为终生职业和事业，不能忘记萧乾的启蒙。

改革开放后，陆铿赴美定居。至于陆的文章中所提到的余、乐、毛、丁这四位在西欧战场活动过的中国记者，早在四十年代末就离开了大陆。所以，萧乾就成了采访过西欧战场的中国记者中唯一在神州大地落叶归根的。

萧乾与恩尼派尔

一九九三年十月八日，台北的资深翻译家黄文范先生光临舍下，将他所译的《恩尼派尔全集》（共五卷）赠送给萧乾。恩尼派尔生于一九〇〇年，比萧乾大十岁，曾作为美国战地记者在欧洲战场上采访。但他没等到德国投降，就到太平洋战场去了。日本投降两个月前，一九四五年六月十八日在琉球的伊江岛英勇捐躯。黄文范《访萧乾》（见《微笑着离去：忆萧乾》）一文中写道：

在我们抗战那一代的心目中，在《大公报》上连续发表萧先生随着美军柏奇将军的第七军团，在欧陆战场上飙举霆击，长驱直入，做出一系列欧洲战场的写实报道，也像恩尼派尔一般，永远铭记在国人的心里。

黄文范还寄来了《恩尼派尔与萧乾》一文，我把它也收在《微笑着离去：忆萧乾》里。黄文范写道：

我认为第二次世界大战时期驰名的记者，美国的恩尼派尔与中国的萧乾有许许多多相同之处，一时瑜亮，可以相提并论。……他们是同一个时代的人……

他们所受教育的时代，使他们具有相近似的世界观与采访着眼点。……他们都在欧洲战区，随了盟国登陆欧洲，尽管他们随军攻击的轴线成九十度，互不交集。恩尼派尔在美军巴顿将军的第三军团，从诺曼底登陆向东挺进；而萧乾则随了柏奇将军的第七军团，自法国南部登陆向北进。他们两人互不相识，但他们发出的战地报道脍炙人口，在东方与西方备受欢迎。

由于他们所追随的军团不同，遭遇也不一致。萧乾文中谈及随军前进，以少校军阶，既吃苦任劳，也吃香喝辣受到优渥待遇。而恩尼派尔在国纪严厉的巴顿将军麾下，为了忘戴钢盔，一次罚二十五美元，竟遭宪兵罚掉好几百美元（六十年前的美元）！所以他恼火之至，所有报道中，从不写巴顿半个字。……

普通人都以为，新闻报道只有一天的风光，翌日便会抛进历史的故纸堆里。但历史上，却有许许多多精彩的新闻报道，由于观察敏锐，文笔生动，具有文学杰作的生命力，而流传下来。以神来之笔持之以恒，作长期多篇的持续报道，并不因为时过境迁，而能在半世纪以后，还为人所津津乐道，从而结集出书，久销不衰的记者，放眼当世，就只有恩尼派尔与萧乾两人了。

一九九五年五月，北京三联书店出版了萧乾所著《一个中国记者看二战》，次年二月第二次印刷。其中收集了萧乾于二战期间所写的“现场报道”二十一篇，以及半个世纪后补写的八篇“回顾与反思”（《一个中国记者对二次欧战的观感》等）。

今年二月间，德国一家出版社前来洽译此书，说明萧乾当年所写的这些新闻报道经得起时间的考验。用黄文范的话来说，萧乾的“报道之所以历久弥新，是由于具备文学的气质，朴实感人，内容丝毫不见沉闷，完完全全是一流的散文……是当时名记者的精心杰作，可以传诵不朽”。

正因为如此，进入二十一世纪后，德国人认为仍有借鉴价值。

一九八四年萧乾与夫人文洁若（右一）摄于剑桥皇家学院草坪。

重踏滇缅路

——萧乾访问记

黄豆米

五月二十日上午，世界闻名记者、老作家、翻译家、八十二岁高龄的中央文史馆馆长萧乾，在夫人文洁若陪同下，率文史馆成员自北京飞抵昆明。

第二次世界大战期间，这位活跃在西欧战场上唯一的中国记者，对宣传滇缅公路有特殊贡献的风云人物，如今头发白了，有了手杖，给人第一眼印象是位反应敏捷而童心极重的慈祥老人。

萧乾是在抗日战争中因滇缅公路与云南结下特殊感情的。他写于半个多世纪前的报告文学《血肉筑成的滇缅路》至今还被中外读者传诵。为此，笔者于六月二日，在昆明拜访了乘车沿滇缅公路到大理再返回的萧乾先生，请先生谈滇缅公路的往事及今日的观感。

问：萧老，您这是第几次走滇缅公路？

答：第二次。我跑昆明好几次了。第一次是一九三八年撤往大后方。那时，我和杨振声及沈从文俩先生同住北门街的一所小院里。半年的时间里，多在躲日本飞机。一九三八年秋，香港版《大公报》创刊，社长胡霖电召我赴香港参加筹备工作。我赶去了。一九三九年春，我由香港返回昆明，采访滇缅公路，第一次走了全程，一直到缅甸的腊戍。

问：萧老，您那篇有名的《血肉筑成的滇缅路》是怎样写成的？

答：我一九三五年念完燕京大学新闻系，就进了天津《大公报》。我在大学就渴望有一天能像美国老师埃德加 · 斯诺那样跑遍世界各地，直接采访人生。于是，我同胡霖达成个默契：在我完成编副刊的职责之余，准许我外出采访一下。一九三九年初春，从邮政投递来香港《大公报》的稿件中，我读到了白平阶的《跨过横断山脉》一文。就在这个春季，我一人从香港奔往滇西采访滇缅公路。

一九九二年五月二十一日萧乾与黄豆米在滇缅公路碧鸡关

我是辗转托亲靠友才在属于一家银行的卡车上当了条“黄鱼”（靠人情搭车的乘客）。从保山往西，就越走越荒凉了。原始森林里游荡着神秘吓人的“瘴气”，现在懂得那是恶性疟疾。有一晚在龙陵，我们四个人席地睡在一所牛圈里，身上盖了条毡布。睡在我身旁的那位旅伴头晚还有说有笑，次晨却不动弹了。再一摸，身上冰凉，早已停止了呼吸。那时一路上很难喝到一口茶水。每过小溪，我们都必猫下腰用手捧喝上几口。修路的民工中有大胡子、有小孩、有妇女，当时国民党政府对他们不管饭也不管水。我们的汽车一过，修路人闪让路边，伸长手向我们："给点药！给点药！"他们要治"打摆子"的药。从昆明到缅甸腊戍走完滇缅公路全程，往返三个月后回到香港，我一口气写了五六篇通讯，登在港版《大公报》上，其中包括《血肉筑成的滇缅路》。我拙于言辞，在文中称那些铺土、铺石，也铺血肉的上百万民工为"历史的'原料'"。在我心目中，他们才是抗日战争的脊梁骨，历史的栋梁。

问：请谈谈您在英国当记者七年中，对滇缅公路的宣传。

答：一九三九年初夏，我从滇缅路回到香港，在我办公桌上的一大堆信中，发现了伦敦大学东方学院的聘函。我喜出望外，然而细一琢磨，并不那么可心，待遇低得要命。最令我绝望的是：旅费自筹。由于胡霖社长的关怀，才成全了我那次欧洲之旅。那时，我成了旅英华人中唯一的中国记者。

一九四〇年，当东南沿海各省相继陷落后，滇缅公路成为我国与外界唯一的通道。是年七月八日，英国首相丘吉尔为了保全其在远东的既得利益，悍然与日本侵略者签订了封锁滇缅公路的协定。当时英国正义人士群起抗议这种短见的自私行为。由于我刚从战火中的中国来到英国，又是在英国唯一采访并报道过滇缅路的记者，英国援华会就安排我赴伦敦及英伦三岛各地演讲。我主要谈的是滇缅路对中国抗日战争的重要性，我根据旧稿自译的《滇缅公路》和我自拍的滇缅公路几幅照片，放进《中国并非华夏》一书中，书由英国向导出版社出版，一九四二年出版，一九四四年再版。

一九四一年，英国的“良心反战者”组织公谊会把四十位英国青年组成一支救护队，志愿到中国抗战前线来帮助我们从事医疗工作。这个队要求我所在的伦敦大学东方学院为他们动身前举办短训班，学院指定我和讲师西门先生负责此事。我与这四十名队员同吃同住，朝夕相处，形成了不一般的师生关系。结业后，他们就前来我国，主要是在滇缅路前线上。

问：萧老，如今事隔五十三年，您第二次重踏上这条公路，有何感受？

答：祖国前进的步伐太快了，今天的滇缅路路面高级，非常好走，和以前没法比。

半个多世纪前我来到云南，是作为难民居住在昆明有半年多，那时多承云南父老乡亲的厚爱。如今我八十二岁来到昆明，看见宽敞的道路，一座座高楼，非常高兴。我借《云南日报》，向广大读者致敬！

原载一九九二年六月十三日《云南日报》